Fox - Unter Feinden ist ein fiktives Werk. Namen, Charaktere, Orte und Geschehnisse wurden erfunden. Jegliche Ähnlichkeit mit wirklichen Orten, Ereignissen, oder Personen, lebend oder verstorben, sind zufällig.

Große Druckausgabe

Cover design: Leah Kaye Suttle

Autorenfoto: ©Marti Corn Photography

Bücher von Tina Folsom

Samsons Sterbliche Geliebte (Scanguards Vampire – Buch 1)

Amaurys Hitzköpfige Rebellin (Scanguards Vampire – Buch 2)

Gabriels Gefährtin (Scanguards Vampire – Buch 3)

Yvettes Verzauberung (Scanguards Vampire – Buch 4)

Zanes Erlösung (Scanguards Vampire – Buch 5)

Quinns Unendliche Liebe (Scanguards Vampire – Buch 6)

Olivers Versuchung (Scanguards Vampire – Buch 7)

Thomas' Entscheidung (Scanguards Vampire – Buch 8)

Ewiger Biss (Scanguards Vampire – Buch 8 1/2)

Cains Geheimnis (Scanguards Vampire – Buch 9)

Luthers Rückkehr (Scanguards Vampire – Buch 10)

Brennender Wunsch (Eine Scanguards Hochzeit)

Blakes Versprechen (Scanguards Vampire –

Band 3)

Tiger – Auf der Lauer (Codename Stargate – Band 4)

Ein Grieche für alle Fälle (Jenseits des Olymps – Buch 1)

Ein Grieche zum Heiraten (Jenseits des Olymps – Buch 2)

Ein Grieche im 7. Himmel (Jenseits des Olymps – Buch 3

Ein Grieche für immer (Jenseits des Olymps - Buch 4)

Der Clan der Vampire (Venedig 1 – 5)

Begleiterin für eine Nacht (Der Club der Ewigen Junggesellen – Buch 1)

Begleiterin für tausend Nächte (Der Club der Ewigen Junggesellen – Buch 2)

Begleiterin für alle Zeit (Der Club der Ewigen Junggesellen – Buch 3)

Eine unvergessliche Nacht (Der Club der Ewigen Junggesellen – Buch 4)

Eine langsame Verführung (Der Club der Ewigen Junggesellen – Buch 5)

Eine hemmungslose Berührung (Der Club der Ewigen Junggesellen – Buch 6)

Fox - Unter Feinden

Codename Stargate - Band 2

Tina Folsom

„Erwischt!"

Nick Young stieß seine Faust in die Luft und stieß einen Triumphschrei aus, während er weiterhin in den Computerbildschirm starrte. Ein roter Punkt blinkte auf einer Karte von Washington, D.C. auf. Daneben erschien eine IP-Adresse.

„Du Bastard! Dachtest du wirklich, du könntest mich überlisten? Sieht so aus, als wäre ich doch schlauer als du."

Der Kerl hatte einen kleinen Fehler gemacht. Ob aus Dummheit oder Faulheit, wusste Nick nicht und es interessierte ihn auch nicht. Was jetzt zählte, war, dass er endlich wusste, wo er den Typen finden konnte.

Er spürte, wie sich seine Lippen zu einem echten Lächeln hochzogen, dem ersten seit langer Zeit. Über einen Monat spielte er jetzt schon dieses Katz-und-Maus-Spiel mit einem Online-Gegner, der versuchte, ihn aus gewissen Servern herauszuhalten. Diese enthielten wichtige Daten, die Nick schon suchte, seit das streng geheime CIA-Programm, an dem er beteiligt gewesen war, vor über drei Jahren kompromittiert wurde.

Nick prägte sich die Adresse ein, auf die der Punkt zeigte, und meldete sich ab. Er klappte seinen Laptop zu und steckte ihn in seinen Rucksack. Dann zog er eine alte Tastatur aus der Schublade, steckte sie an den Dinosaurier-PC, den er zur Ablenkung benutzte, und schloss eine Maus an.

Sollte ihm jemand auf die Spur kommen und versuchen, herauszufinden, woran er arbeitete, würden die Dateien, die er auf der Festplatte des alten Secondhand-Desktops gespeichert hatte, jeglichen Verfolger in die Irre führen. Mit ein wenig Glück würde niemand nach einem zweiten Computer suchen, und er würde schon weit weg sein, bevor sie ihn aufspüren und ermorden könnten, wie sie es mit Henry Sheppard, seinem Mentor und dem Leiter des Stargate-Programms, getan hatten.

Das gleiche Schicksal würde auch ihn treffen sowie all die anderen CIA-Agenten, die nicht ihrer herausragenden körperlichen, sondern ihrer einzigartigen geistigen Fähigkeiten wegen ausgewählt worden waren. Jeder Stargate-Agent, einschließlich Henry Sheppard, besaß die Gabe der Vorahnung. Vor drei Jahren hatte jemand beschlossen, dass die Stargate-Agenten eine Gefahr darstellten und den Leiter des Programms getötet.

Als Nick damals Sheppards mentalen Aufruf empfangen hatte, war seine Welt zusammengebrochen.

„Stargate aus.“

Noch immer konnte er die Warnung in seinem Kopf widerhallen hören. Er hatte alles zurückgelassen und war untergetaucht. Doch der Drang herauszufinden, was mit Sheppard und den anderen Agenten geschehen war, hatte ihn zurück nach Washington D.C. in die Höhle des Löwen gelockt.

„Halte deine Freunde nahe und deine Feinde noch näher", murmelte Nick sich jetzt zu. Seit Sheppards Tod war dies sein Mantra geworden.

Eine neue Identität für sich zu schaffen, war einfach gewesen. Dabei hatten sich seine Fähigkeiten als Hacker als unbezahlbar erwiesen. Seine neue Identität war gewöhnlich. Keine Familie, keine speziellen Talente, nichts Auffälliges.

Er hielt sich damit über Wasser, weltweit Webseiten für Kleinunternehmer zu designen.

Seine Wohnung befand sich in einem heruntergekommenen Gebäude, das der abwesende Besitzer nur gegen Barzahlung vermietete, vermutlich, damit er die Erträge nicht versteuern musste. Jeden Monat schickte Nick das Geld an eine Briefkastenfirma. Das war ihm recht. Im Moment war er auf die Regierung sowieso nicht gut zu sprechen.

Jahrelang hatte er seinem Land als CIA-Agent gedient, und die Regierung hatte versagt und ihn und seine Kollegen nicht beschützen können. Jetzt war er auf sich selbst gestellt, für sein Leben alleine verantwortlich und auf Vergeltung aus. Eines Tages würde er dafür sorgen, dass die Männer, die Sheppard getötet hatten, dafür bezahlten.

Und die Person am anderen Ende der IP-Adresse, die er nachverfolgt hatte, würde ihm dabei helfen, die verantwortliche Partei zu finden. Ob sie das wollte oder nicht.

Nick kannte viele Arten, jemanden dazu zu überreden, sich seinem Willen zu beugen. Sein Lieblingsspielzeug zur Erlangung solcher Kooperation war seine Glock. Das kalte Metall versagte nie dabei, seinen Gegner davon zu überzeugen, dass Loyalität überschätzt wurde und das Leben vergänglich war.

Auf den ersten Blick hin nahmen die meisten Leute an, Nick wäre bloß ein Computergeek und niemand, den man fürchten musste. Möglicherweise waren sein Typ-von-nebenan-Aussehen und seine ruhige Art für diese Fehleinschätzung verantwortlich. Aber jene Menschen, die sich die Mühe machten, ihn einer gründlicheren Musterung zu unterziehen, entdeckten, was er wirklich war:

Ein Mann, der mit sich und jeder Art von Waffen umgehen konnte. Dafür hatte Sheppard gesorgt. Die Männer, die er für sein Stargate-Programm ausgewählt hatte, waren dem gleichen rigorosen Training auf der *Farm* unterzogen worden wie alle anderen CIA-Agenten, obwohl dieses Training im Endeffekt nicht für ihre Arbeit notwendig war. Doch möglicherweise hatte Sheppard geahnt, dass seine Protegés sich eines Tages auf diese Fähigkeiten verlassen mussten, um zu überleben.

Nick checkte seine Schusswaffe und zog die Patronenkammer heraus, um sicherzugehen, dass sie vollgeladen war, bevor er sie wieder zurück in den Griff steckte. Dann versteckte er die Waffe in dem gepolsterten Geheimfach seines Rucksacks. Er setzte seinen Fuß auf den Stuhl, zog sein Hosenbein hoch und schob ein Messer in das versteckte Etui in seinem Stiefel. Manchmal war ein kleines Messer alles, was er brauchte, um sich mit einem Gegner zu einigen. Es war weniger auffallend als eine Pistole und weniger laut, sollte er es benutzen müssen.

Viel mehr gab es nicht zu tun. Nick warf einen letzten Blick durch den Raum. Der Reißwolfbehälter war leer. Die wenige Post, die er bekam, bestand aus Werbung, die an den *gegenwärtigen Bewohner* adressiert war. Die restlichen Briefe, die für sein Webseitengewerbe bestimmt waren, gingen an eine Postfach-Adresse. Alles, was mit Bankkonten zu tun hatte, bekam er in elektronischer Form. Nur die Stromrechnungen kamen zum Haus, und die bezahlte er sofort und zerkleinerte sie anschließend im Reißwolf.

Nick Young existierte nicht. Doch Fox lebte noch. Während seiner Zeit als Mitglied des Stargate-Programms war das sein Codename gewesen. Die wenigen anderen Stargate-Mitglieder, denen er je begegnet war – Sheppard hatte vorgezogen, sie so viel wie möglich voneinander fernzuhalten – kannten ihn nur bei diesem Namen.

Ein gewisser Stolz hatte ihn erfüllt, als sein Mentor ihm diesen Namen gegeben hatte. Es bestätigte ihm, dass Sheppard ihn verstand. Denn Nick war wie ein Fuchs: listig und klug. Und er würde diese Fähigkeiten jetzt brauchen, um das Computergenie herauszulocken, das sich ihm online in den Weg gestellt hatte. Jetzt würde Fox den Spieß umdrehen und den Einsatz erhöhen.

Showtime.

2

Ein Parkhaus? Im Ernst? Musste dieser Kerl wirklich den Informanten *Deep Throat* aus dem Watergate-Skandal nachahmen?

Michelle Andrews zitterte, obwohl es in D.C. erstickend warm war. Ihr Spaghetti-Top und der kurze Rock waren perfekt für das Kaffeehaus gewesen, in dem sie den ganzen Morgen verbracht hatte, aber in der dunklen Tiefgarage war die Luft wegen der dicken Betonmauern, Böden und Decken überraschend kühl.

Mit diesem Treffen hatte sie nicht gerechnet. Als sie die SMS auf ihrem

Wegwerfhandy empfangen hatte, war sie in Panik geraten. Das war auch der Grund dafür, warum sie ihren Kaffee auf dem Tisch verschüttet hatte und zur Barista geeilt war, um sich einen Lappen zum Aufwischen zu holen. Leider hatten diese paar Sekunden der Unaufmerksamkeit dazu geführt, dass sie sich viel später als geplant von der Online-Ermittlung, die sie laufen hatte, abgemeldet hatte.

Sie spielte den Vorfall nochmals in ihrem Kopf durch. War es möglich, dass der Hacker, den sie versucht hatte aufzuspüren, stattdessen sie aufgespürt hatte? Michelle schüttelte den Kopf. Nein. Niemand war besser als sie. Da sie nicht in der Lage gewesen war, ihn zu fangen, würde er auch nicht genügend Zeit gehabt haben, sie zu schnappen. Sie hatte reichlich Vorsichtsmaßnahmen getroffen, um im Verborgenen zu bleiben. Allerdings hatte sie begonnen, an ihren Fähigkeiten zu zweifeln – was auch kein Wunder war, nach all dem, was in letzter Zeit in ihrem Leben geschehen war.

Nervös fummelte sie an ihrem Kettenanhänger herum. Es war eine alte

Gewohnheit, die sie sich nicht abgewöhnen konnte. Das kleine Memento aus der Zeit, als sie Mitglied von Anonymous, der weltweiten Hackergesellschaft, gewesen war, verlieh ihr Stärke und erinnerte sie daran, wie sie in diese schlimme Situation hineingeschlittert war.

Trotzdem würde sie das alles überwinden, egal was der zwielichtige *Deep Throat*-Charakter, der dieses Treffen gefordert hatte, jetzt von ihr wollte. Ob er vom FBI, der CIA oder NSA war, wusste sie nicht. Und das war auch nicht wirklich von Bedeutung. Jede dieser Behörden hatte genügend Macht, sie für den Rest ihres Lebens einzusperren, wenn sie nicht das tat, was sie von ihr verlangten. Sie hielten alle Trumpfkarten in der Hand. Sie hatte keine einzige. Sie war nur eine Schachfigur in deren Spiel, und würde mitspielen müssen, bis sie einen Ausweg fand.

Als sie Schritte hörte, die an den kahlen Betonmauern widerhallten, machte sie Anstalten, sich umzudrehen.

„Sie wissen doch, wie die Sache läuft", sagte der Mann.

Michelle erstarrte und blieb mit ihrem Rücken ihm zugewandt stehen. „Mr. Smith."

Es war nicht sein richtiger Name. Als er sich das erste Mal mit ihr in Verbindung gesetzt hatte und sie ihn gefragt hatte, wer er war, hatte er lange nichts gesagt, bevor er schließlich geantwortet hatte: „Wie wäre es mit Smith? Klingt das gut?"

Sie hatte noch nie sein Gesicht gesehen, doch von seinem Dialekt und Sprachmuster her nahm sie an, dass er gebildet und mittleren Alters war. Seine Stimme klang nasal, was vor ihrem inneren Auge das Bild eines kleinen, kahlen Mannes mit Bierbauch und blasser Haut entstehen ließ. Selbstverständlich könnte sie damit völlig falsch liegen, aber wollte sich nicht jeder seine Feinde hässlich und uninteressant vorstellen?

„Ich bin sehr enttäuscht von Ihnen, Miss Andrews."

Instinktiv zog sie ihre Schultern hoch und verkrampfte sich.

„Sie hatten einen Monat Zeit und was haben Sie bisher vorzuzeigen? Nichts. Meine

Arbeitgeber sind darüber nicht sehr erfreut." Er seufzte. „Genauso wenig wie ich."

Sie dachte über seine Worte nach und wählte ihre eigenen sorgfältig. „Ich habe getan, worum Sie mich gebeten haben." Nun ja, *gebeten* war nicht das richtige Wort. *Gezwungen* kam der Sache schon näher.

„Wirklich, Miss Andrews? Ich habe das Gefühl, dass Sie sich nicht richtig angestrengt haben. Oder muss ich Sie daran erinnern, was geschieht, wenn Sie sich nicht fügen?"

Sie benötigte keine Gedächtnisstütze. „Mr. Smith, ich habe meine Fähigkeiten verwendet –"

„Als wir Sie schnappten", unterbrach er sie mit einer Stimme, die scharf und kalt war, „schienen Ihre Fähigkeiten viel raffinierter zu sein. Ich finde es sonderbar, dass Sie noch keine Spur von dem Hacker finden konnten, wo Sie doch so lange in gerade dieser Gemeinschaft tätig waren."

„Es würde mir helfen, wenn Sie mir sagen würden, hinter was dieser Kerl her ist, damit ich nicht meine Energie damit verschwenden müsste, Hackern nachzujagen, an denen Sie nicht interessiert sind.“

Ein leises Knurren erklang hinter ihr und ihr wurde bewusst, dass er näher gekommen war, ohne dass sie es bemerkt hatte. Ein kalter Schauer lief ihr das Rückgrat hinab und brachte das Blut in ihren Adern zum Gefrieren.

„Sie wissen bereits zu viel, Miss Andrews.“ Er inhalierte. „Es ist gefährlich, zu viel zu wissen. Haben Sie denn nichts gelernt?“

Sie zitterte und ihre Handflächen wurden feucht.

„Sie waren schlimm. Wissen Sie noch?“

Michelle antwortete nicht und wusste, dass er auch keine Antwort von ihr erwartete.

„Sich in Server einzuhacken, die Sie nichts angehen. Und Ihre Freunde von Anonymous konnten Ihnen am Ende auch nicht helfen, nicht wahr? Denn jetzt, wo wir Sie haben, kann Ihnen niemand helfen. Sie arbeiten jetzt für uns oder Sie landen im Gefängnis. Das wäre eine Schande. Eine hübsche Frau wie Sie. Wissen Sie, was die mit Ihnen im Gefängnis anstellen?“

Sie wollte es nicht wissen. „Ich mache, was Sie von mir verlangen.“

„Machen Sie schneller. Ich werde ungeduldig. Wie schwierig kann es denn sein, einen Hacker zu finden, der versucht, in diese Server zu gelangen, wie? Sind Sie nicht die Beste? Oder war das auch eine Lüge?“

„Ich bin die Beste“, beharrte Michelle, nicht weil sie arrogant war, sondern weil zuzugeben, dass sie es nicht war, sie mit Sicherheit ihr Leben kosten würde.

„Gut, dann beweisen Sie es. Geben Sie mir etwas, mit dem ich etwas anfangen kann. Sie möchten doch Ihre Freiheit, oder etwa nicht?“

Sie nickte automatisch.

„Der Hacker gegen Ihre Freiheit. Sie wissen, dass ich nicht bluffe. Sagen Sie mir, dass Sie mich verstehen.“

„Ich verstehe.“

„Gut, dann machen Sie Folgendes: Finden Sie ihn, aber verschrecken Sie ihn nicht. Wenn er herausfindet, dass Sie ihm auf der Spur sind, wird er verschwinden. Verstehen Sie das? Sie haben zehn Tage Zeit. Wenn Sie bis dahin nicht liefern können, ist unser Abkommen nicht mehr existent und Sie werden vor Gericht gestellt. Nicht als Amerikaner, sondern als Terrorist. Sie hätten lieber zweimal darüber nachdenken sollen, sich in die Server des Verteidigungsministeriums einzuhacken. Das war ein Terrorakt." Er schnalzte mit seiner Zunge. „Das war sehr niederträchtig."

„Ich habe nie –"

Seine Hand auf ihrer Schulter würgte ihr die Stimme ab. Der Drang, einen Blick auf das Gesicht ihres Peinigers zu werfen war stark, aber sie unterdrückte ihn, denn sie wusste, dass sie sich dadurch nur eine Kugel im Kopf einhandeln würde.

„Keine Ausreden mehr."

Ihr pochendes Herz und ihr unregelmäßiger Puls donnerten in ihren Ohren. Wütend presste sie ihre Zähne zusammen. Sie war keine Terroristin, davon war sie weit entfernt. Sie und ihre Hacker-Kollegen bei Anonymous hatten nur versucht, Dokumente aufzudecken, die beweisen würden, dass die USA in einen Mittleren Osten-Konflikt involviert war und welche Gründe wirklich hinter der Unterstützung eines Regimes lagen, das seine eigenen Bürger folterte. Sie hatte der amerikanischen Öffentlichkeit die Wahrheit zeigen wollen. Das war nicht Terrorismus. Das war Redefreiheit. Sie hatte niemandem wehgetan, als sie sich in den Server der Regierung eingehackt hatte.

Dennoch musste sie jetzt dafür bezahlen. Sie hatten versucht, sie dazu zu bringen, die anderen Mitglieder von Anonymous preiszugeben, die an diesem Projekt beteiligt waren, aber sie hatte sich geweigert. Sie war kein Spitzel. Außerdem kannte Michelle die anderen sowieso nur bei ihren Nicks.

Die plötzliche Stille unterbrach ihre Gedanken. Sie lauschte, hörte jedoch nichts. Nicht einmal jemanden atmen.

„Mr. Smith?"

Keine Antwort. Michelle fuhr herum. Sie war alleine in der dunklen Tiefgarage. Alleine bis auf ein paar geparkte Autos.

Sie umklammerte ihre Kuriertasche, in der sich ihr Laptop befand, und ging in Richtung Aufzug. Sie hatte nur noch zehn Tage. Wenn sie bedachte, wie wenig sie in den letzten vier Wochen herausgefunden hatte, wurde ihr klar, dass sie den Hacker genauso wenig finden würde, wie ein Schneeball in der Hölle überleben könnte. Ohne irgendeinen Anhaltspunkt hinsichtlich dessen, was die Person wirklich wollte, konnte sie ihre Suche nicht eingrenzen. Wusste denn Smith nicht, wie viele Hacker tagtäglich Regierungsserver angriffen? Trotz dieses Hindernisses war sie zufällig auf eine Person gestoßen, die ihr Interesse geweckt hatte, obwohl sie es bisher nicht geschafft hatte, sich an deren Fersen zu heften.

Tatsächlich suchte sie nach einer Nadel im Heuhaufen, nach einer Nadel, die sie sich nicht leisten konnte, noch länger zu suchen, denn wenn sie nicht von hier verschwand, bevor die zehn Tage um waren, war sie so gut wie tot.

Es war an der Zeit, ihre Flucht zu planen. Doch währenddessen musste sie weiter vortäuschen, Smiths Anordnung zu befolgen, damit er nichts von ihren Plänen mitbekam, bevor es zu spät war.

3

Die Sache würde nicht ganz so einfach sein, wie er zuerst gedacht hatte.

Die IP-Adresse hatte Nick zur Foggy Bottom Nachbarschaft von D.C. geführt, einer Gegend, in der nicht nur die George-Washington-Universität lag, sondern auch das George-Washington-Krankenhaus sowie zahlreiche Regierungsgebäude, von der Weltbank über den Internationalen Währungsfonds bis zur US-Notenbank und dem Innenministerium.

Darüber hinaus war die Adresse kein

Privathaus und nicht einmal ein Büro. Es war ein Café mit kostenlosem Internetanschluss. Jeder, der einen Laptop besaß, konnte sich in das Internet des Cafés einlinken und auf dessen IP-Adresse arbeiten. Eine außergewöhnlich sonderbare Wahl für das Computergenie, mit dem Nick schon seit ein paar Wochen im Clinch lag. Warum würde jemand riskieren, an einem offenen Internetanschluss zu arbeiten, wo andere möglicherweise in der Lage wären, mitzuhören? Oder war es absolut genial, sich in der Öffentlichkeit zu verstecken?

Nick blickte sich im Café um. Mindestens zwei Dutzend Studenten, junge Doktoren und Geschäftsleute saßen über ihre Laptops gebeugt; sie arbeiteten, surften und lasen. Auf den ersten Blick sah keiner wie ein Hacker aus, doch wer wusste schon, wie genau ein Hacker aussah? Er wusste, dass der Schein trügen konnte.

War es der vergammelte Student, der seinen Laptop auf seinen Knien balancierte, während er mit einer Hand seinen Muffin aß?

Oder die junge Frau im weißen Doktorkittel mit den dunklen Ringen unter ihren Augen, Augen, die immer wieder zufielen, während sie angestrengt in ihren Computermonitor starrte? Vielleicht versuchte auch der untersetzte, schwarze Kerl in dem grauen Anzug, jeglichen Verdacht von sich zu weisen, indem er mit seinen manikürten Fingernägeln und dem modischen Haarschnitt ganz seriös dreinschaute.

Kurz gesagt – es könnte jeder sein.

Er würde etwas Zeit brauchen. Er sollte es sich bequem machen und eine Ecke finden, von der aus er alles beobachten konnte. Früher oder später würde sich sein CIA-Training bemerkbar machen und er würde die Indizien sehen, die seinen Verdächtigen verraten würden. Niemand konnte seine wahre Natur für immer verstecken, das hatte er gelernt. Insbesondere sobald sich ein Verdächtiger in Sicherheit wähnte und sich entspannte, kam das wahre Ich hervor und Nick würde da sein und darauf lauern, dass die Person einen Fehler machte. Er wartete schon drei Jahre lang, um an die Informationen zu gelangen, die er benötigte; er konnte auch noch ein paar Tage länger warten.

Hinter der Theke, wo die Baristas Bestellungen entgegennahmen und individuelle Kaffeegetränke nach Kundenwünschen vorbereiteten, ging es zu wie in einem Bienenstock. Wie eine gut geölte Maschine riefen sich die Angestellten Getränkeaufträge zu: ein Schuss Kaffee in dieses, ohne Schaum jenes, koffeinfrei das nächste. Sogar einer der Angestellten könnte der Kerl sein, den er suchte. Jeder von ihnen könnte während seiner Pausen in den Hinterraum gehen, wo die Vorräte aufbewahrt wurden, und einige Minuten an einem Computer verbringen. Die Tarnung wäre optimal. Wer würde schon eine Barista verdächtigen, die für den Mindestlohn schuftete?

„Doppelter Schuss Mokka ohne Sahne für Nick."

Als sein Getränk aufgerufen wurde, fuhr Nick herum und schnappte sich seinen überteuerten Kaffee von der Bar.

„Autsch!", zischte er und stellte den Becher sofort wieder ab.

„Manschette." Die Angestellte hinter dem Tresen zeigte auf ein Körbchen mit Pappschutzhüllen, bevor sie das nächste Getränk ausrief. „Dreifacher Schuss, großer Latte Macchiato für Michelle."

„Danke." Er legte die Papphülle um den heißen Becher, nahm sein Getränk und machte auf den Fersen kehrt – um sogleich in seiner Bewegung innezuhalten.

Nur seine extrem schnelle Reaktion rettete ihn davor, mit einer jungen Frau zusammenzustoßen, die sich dem Tresen genähert hatte, um ihren Latte abzuholen. Stattdessen stolperte Nick zurück und prallte gegen die Theke. Durch den Aufprall lockerte er unwillkürlich den Griff um seinen Pappbecher. Der Plastikdeckel löste sich und der Mokka schwappte über die Kante und spritzte auf sein T-Shirt.

„Scheiße!", fluchte er, als die heiße Flüssigkeit seine Haut berührte.

Instinktiv zuckte er zurück und kickte seinen Ellbogen nach hinten. Nick warf einen

Blick über seine Schulter, gerade als der Latte, den die Barista für die nächste Kundin ausgerufen hatte, sich über dem Tresen ergoss.

„Na das passt ja mal wieder!", brummte die Frau, mit der er fast zusammengestoßen wäre. „Den Latte hatte ich wirklich nötig."

Ja, genauso wie er es nötig hatte, kein Spektakel zu inszenieren.

So bleibt man unauffällig, Nick!

Er stellte sein halb-verschüttetes Getränk auf dem Tresen ab und warf der Barista, die bereits dabei war, aufzuwischen, ein entschuldigendes Lächeln zu. „Es tut mir leid, ich bezahle das selbstverständlich."

„Keine Sorge, ich mache noch einen." Sie schaute an ihm vorbei. „Michelle, einen kleinen Augenblick noch, ja?"

„Danke", antwortete die Kundin, die Michelle sein musste.

Nick nickte. „Ich weiß es zu schätzen. Aber ich will wirklich dafür bezahlen."

Er drehte sich um, um sich der Frau zu stellen, mit der die Barista gesprochen hatte und erstarrte, als er etwas Silbriges aufblitzen sah. Unwillkürlich konzentrierten sich seine Augen auf den Anhänger an ihrer Kette. Ein Scheinwerferlicht an der Decke reflektierte sich auf der glänzenden Oberfläche und hob das Objekt hervor, das Nick unter normalen Umständen wahrscheinlich nicht aufgefallen wäre. Der Anhänger war vermutlich nicht einmal aus Silber, möglicherweise nur aus Stahl oder Aluminium. Aber was er darstellte, war nicht zu leugnen: eine kleine Guy Fawkes Maske, die gleiche Maske, die die Hacker von Anonymous zum Symbol hatten.

Das konnte kein Zufall sein. Wie standen die Chancen, dass jemand in dem Café, zu dem er den Hacker verfolgt hatte, diese Art Andenken um den Hals trug? Nick war kein Glücksspieler, aber er würde sein Geld auf diese Frau setzen.

Langsam hob er seinen Blick und sah sie zum ersten Mal richtig an.

Sein Atem stockte und alle Luft entwich seiner Lunge. Rote Lippen waren das erste, das er sah. Voll und prall und leicht geöffnet zeigten sie ihre tadellosen, weißen Zähne. Ihre Haut war von einem Oliventon, als ob sie vom Mittelmeer stammte. Ein sanfter goldener Schimmer von Schweiß lag auf ihrem Gesicht. Das überraschte ihn nicht, denn es war höllisch schwül in der Stadt und sogar im klimatisierten Inneren des Cafés war es drückend warm.

Die blauen Augen, die von dunklen Wimpern umgeben waren, musterten ihn fragend, abschätzend und neugierig. Doch das hielt ihn nicht davon ab, sie weiter zu studieren, denn es war nicht der Ex-CIA-Agent, der sie nun ansah, sondern der Mann in ihm, dessen Blut mit einer Geschwindigkeit zu seiner Leiste raste, die er sich nicht erklären konnte. Er wusste nur, dass diese Frau so viele Sinne in ihm ansprach, von denen keiner etwas mit seinem Beruf zu tun hatte.

Ihr Haar fiel in dunkelblonden Wellen über ihre Schultern und lenkte seine Aufmerksamkeit auf das Top mit den Spaghettiträgern. Es hatte einen integrierten BH und betonte ihre festen Brüste, die die perfekte Größe für ihre etwa ein Meter siebzig große Statur hatten. Ihr Dekolleté hatte die gleiche olivfarbige Haut wie ihr Gesicht, eine Haut, die leicht bräunte. Und möglicherweise nahtlos. Halt – seine Gedanken sollten sich nicht in diese Richtung bewegen. Schließlich war er nicht hier, um sie anzubaggern. Jedenfalls nicht aus irgendwelchen romantischen Gründen. Doch seine Mission erforderte, dass er ihr nahe kam. Wie nahe, das wusste er noch nicht.

Einen Moment lang wünschte er sich, dass diese Frau nicht der Hacker war, hinter dem er her war, sondern nur eine Stammkundin dieses niedlichen Kaffeehauses. Doch der Anhänger und die Computertasche, die sie wie ein Fahrradbote um ihren Oberkörper geschlungen hatte, deutete auf etwas anderes hin.

„Äh ... sorry ... ähm ...", stammelte er, sowohl um den tollpatschigen Mann zu spielen, aber auch, weil er sich beim Anblick solch körperlicher Perfektion gerade ein wenig sprachlos fühlte. „Äh, Michelle, ja?"

Sie neigte misstrauisch ihren Kopf zur Seite. „Wie –?"

Er zeigte mit dem Daumen über seine

Schulter. „Die Barista rief Ihren Latte aus; den, den ich verschüttet habe. Tut mir echt leid."

Michelle schien sich zu entspannen. „Kein Problem." Sie deutete auf sein Hemd. „Zumindest haben Sie Ihr Getränk über sich selbst verschüttet und nicht über mich."

Nick schenkte ihr ein warmes Grinsen, wohlwissend, dass dies eine seiner speziellen Gaben war, die es Frauen leicht machte, sich mit ihm wohlzufühlen. „Ja, etwas unbeholfen von mir, nicht wahr?" Er schnappte sich eine Serviette vom Tresen und versuchte, die Flecken auf seinem Hemd zu entfernen, aber diese erwiesen sich als hartnäckig. Alles, was er tun konnte, war, sie so trocken wie möglich zu tupfen. „Na, sieht ganz so aus, als wäre das Hemd ruiniert."

Michelle kicherte. „Braun steht Ihnen gut."

Nick blinzelte ihr zu und nützte ihre unbeschwerte Antwort, um ihr näherzukommen. „Ja, klar, machen Sie sich nur Ihren Spaß. Lachen Sie den Kerl aus, der sich gerade vor einer hübschen Frau blamiert hat."

Die Tatsache, dass ihre Wangen sich röteten, bestätigte ihm, dass sein Charme wirkte. Den würde er jetzt benutzen, um ihr nahezukommen und herauszufinden, was sie wusste. Mit etwas Glück würde er in ein paar Tagen, maximal in einer Woche, bekommen, was er brauchte.

4

Er hatte sie hübsch genannt und das brachte sie zum Lächeln. Nach dem Tag, den Michelle hinter sich hatte, fühlte sich das Kompliment des Fremden an wie beruhigende Lotion auf einem Sonnenbrand. Ihr Treffen mit ihrem Erpresser – ja, *Erpresser*, denn das war er in Wirklichkeit, egal welcher geheimen Organisation er angehörte – hatte ein Nervenbündel aus ihr gemacht. Sie stand unter Druck. Entweder sie lieferte Resultate oder sie würde im Gefängnis landen, und das war ein Ort, auf den sie nicht erpicht war.

Die Gesellschaft dieses netten Fremden

wäre ihr schon lieber, selbst wenn er etwas unbeholfen war. Zumindest stellte der Kerl keine Bedrohung dar. Die einzige Gefahr, die von dem braunhaarigen großen gut aussehenden Typen, der sie so nett anlächelte, ausging, war, dass sie mit Kaffee begossen werden könnte – etwas, das sie leicht überleben würde.

Michelle beobachtete, wie er die beschmutzten Papierservietten in den Mülleimer warf, sich einen neuen Deckel für seinen halb-verschütteten Kaffee schnappte und ihn auf den Becher steckte.

„Ich will ja nicht aufdringlich sein oder so", sagte er plötzlich, „aber darf ich Ihnen vielleicht ein Biscotti oder einen Muffin zu Ihrem Latte spendieren?"

Michelle schüttelte den Kopf. „Das ist wirklich nicht notwendig. Außerdem verzichte ich besser auf die extra Kalorien." Es war schwer genug, schlank zu bleiben, wo sie doch die meisten Tage und Nächte vor ihrem Computer verbrachte. Sie benötigte nicht auch noch Zucker, der sie dick werden ließ und ihre Gesundheit gefährdete.

Ein reizendes Grinsen, begleitet von einem langen Blick, den er über sie schweifen ließ, war seine Antwort. „Ich bin sicher, dass Sie die in kürzester Zeit wieder verbrennen würden."

Sie öffnete ihren Mund, ohne wirklich zu wissen, wie sie darauf antworten sollte, als die Barista sie glücklicherweise unterbrach.

„Michelle, Ihr Getränk ist fertig."

Michelle nickte dem Fremden zu und langte an ihm vorbei nach ihrem Kaffee. „Danke, Elise."

„Lassen Sie mich dafür bezahlen", sagte der heiße Typ und zog auch schon seine Geldbörse aus seiner Hosentasche.

„Nicht notwendig", antwortete die Barista. „So etwas geschieht ständig. Außerdem ist Michelle Stammkundin."

„Na dann", sagte er, „danke und Entschuldigung noch mal." Er trat einen Schritt zur Seite, um sie vorbeizulassen.

Michelle nahm ihr Getränk, hob es an ihre Lippen und trank einen Schluck.

„Äh, Michelle."

Sie hob ihre Augen über den Kaffeebecher und sah ihn neugierig an. „Ja?"

„Ich heiße übrigens Nick. Ich bin neu in der Gegend." Er bot ihr seine Hand an.

Zögernd schüttelte Michelle sie. „Hallo, Nick. Ich bin Michelle, aber das wissen Sie ja bereits."

Ein breites Grinsen ließ ihn noch jünger aussehen als zuvor. Sie erlaubte sich, ihn genauer zu betrachten. Er hatte einen Stoppelbart, die Art von Bart, die ein Mann trug, der zwei oder drei Tage keine Zeit gehabt hatte, sich zu rasieren. Sie ließ ihn etwas urwüchsig aussehen. Sein Haar war mittelbraun, aber nicht fade, sondern mit einem gesunden Glanz. Seine Augen waren grünbraun, seine Haut etwas hell, als ob er viel Zeit drinnen verbrachte. Er trug ein kurzärmliges hellblaues Polohemd und eine schwarze Cargohose. Trotz des losen Sitzes seiner Hose war es offensichtlich, dass seine Beine genauso wie seine Arme muskulös waren, obwohl er nicht wie ein Bodybuilder aussah, sondern eher schlank war.

„Also, ich würde es ja verstehen, wenn Sie nicht mit mir gesehen werden möchten." Nick deutete auf sein Hemd. „Wegen der Flecken und so." Er grinste entwaffnend. „Aber da Sie ja daran Schuld haben, dass ich mein Getränk verschüttet habe, könnten Sie sich vielleicht dazu erbarmen, mir Gesellschaft zu leisten, während ich das, was noch von meinem Mokka übrig ist, trinke."

„Jetzt war *ich* also daran schuld, dass Sie Ihr Getränk verschüttet haben?" Sie musste lachen.

„Ja. Weil ich in dem Moment, in dem ich Sie sah, total die Kontrolle über meinen Körper verloren habe."

Michelle verdrehte ihre Augen und steuerte den großen Lehnsessel in ihrer Lieblingsecke an. Wollte Nick sie aufreißen oder war er nur übermäßig freundlich? „So wie ich mich an die Sache erinnere, haben Sie mich nicht einmal gesehen. Deshalb haben Sie Ihren Kaffee verschüttet."

Er zwinkerte. „Jetzt haben Sie mich aber erwischt." Dann beugte er sich plötzlich näher und senkte seine Stimme. „Normalerweise wirkt diese Anmache immer, wissen Sie, aber ich nehme an, dass Sie dafür viel zu intelligent sind."

Michelle lachte. Sie hatte keine Verteidigung gegen seinen Charme. Er war entwaffnend. Und hatte etwas Nicht-Bedrohliches an sich, das sie im Augenblick benötigte. Etwas Normalität in ihrem Leben.

Sie deutete zu dem zweiten Lehnsessel, während sie sich in ihren Lieblingssessel fallen ließ und ihre Computertasche am Boden abstellte. „Ich nehme an, so leicht werde ich Sie nicht los."

Nick setzte sich ihr gegenüber und stellte seinen Rucksack zu seinen Füßen ab. „Ich bin ein bisschen wie Karamell, klebrig aber süß."

Sie kicherte. „Also wegen der Anmache ... Hat das schon jemals funktioniert?"

Er zuckte mit den Schultern. „Ich verfeinere die Sache immer noch. Rom wurde ja auch nicht an einem Tag gebaut."

„Das ist also dann ein *Nein*."

„Wow, kommen Sie immer so schnell zu Schlussfolgerungen?"

„Nur wenn die Beweislage recht klar ist."

Seine Mundwinkel zogen sich nach oben. „Was sind Sie, Michelle, irgendeine Art von Detektivin?" Er lehnte sich über den kleinen

Tisch zwischen ihnen und stellte seinen Becher ab. „Sollte ich vor Ihnen Angst haben?"

„Sollten Sie das?" Erneut ließ sie ihre Augen über ihn schweifen. Vielleicht sollte er vor ihr Angst haben. Schließlich sah er ziemlich unschuldig aus, was sie selbst keineswegs war.

Sie war eine Verbrecherin, obwohl sie sich nie wirklich so sah. Sie war ein Hacker, seit sie das erste Mal im Internet gesurft hatte. Informationen aufzudecken, die die Regierung vor ihren Bürgern verstecken wollte, war ihre Mission im Leben gewesen. Anonymous war ihre Familie, Anarchie ihre Religion. Aber all das war jetzt vorbei, denn jetzt musste sie dem Feind dienen, gegen den sie lange gekämpft hatte: die US-Regierung. Sie konnte nicht zu ihren alten Freunden, den anderen Hackern, laufen, das Risiko, sie zu gefährden und zu entlarven, wäre zu groß. Sie war völlig auf sich alleine gestellt.

Was die Frage aufwarf, warum sie Zeit damit vergeudete, mit Nick zu flirten. Denn sie flirtete wirklich mit ihm. Sie täte wirklich besser daran, stattdessen nach dem Hacker zu suchen, hinter dem ihr *Deep Throat*-Erpresser her war.

Allerdings verdiente jeder ab und zu eine Pause. Und was konnte es schon schaden, wenn sie sich für ein paar Minuten mit einem netten Kerl unterhielt? Es war entspannend und half ihr möglicherweise sogar dabei, wieder ihre Energie aufzutanken, damit sie heute noch viel leisten konnte.

„Sind Sie eine Einheimische?", fragte Nick, gerade als sie ihren Mund öffnete und gleichzeitig sagte: „Sie sind also neu in der Nachbarschaft?"

Verlegen lachte sie. „Sie zuerst."

„Nein, nein, Sie zuerst", beharrte er.

„Sind Sie erst vor kurzem hierher gezogen?"

„Ja, diese Woche. Ich bin aus einer Kleinstadt in Indiana."

Genauso wie sie es sich gedacht hatte: ein Unschuldiger in der Großstadt. „Was führt Sie hierher?"

„Arbeit. Ich brauchte einen Tapetenwechsel."

Sie nickte. „Ja, das verstehe ich." Sie

brauchte auch einen Tapetenwechsel. Vorzugsweise zu einem Sandstrand in einem Land, das Kriminelle nicht an die USA auslieferte.

„Sie arbeiten hier in D.C.? An der Uni?", fragte er.

„An der Universität?" Ihre Augenbrauen schossen hoch.

Er deutete auf ihre Computertasche. „Sie sehen aus, als wären Sie Dozentin oder so etwas ähnliches."

Sie lächelte. Wenn sie doch nur so einen harmlosen Job hätte. „An Ihren Detektivfähigkeiten müssen Sie noch ein bisschen arbeiten", scherzte sie. „Ich könnte auch Studentin sein."

Er grinste sie mit seinen weißen Zähnen an. „Sind Sie aber nicht. Nicht, dass Sie alt aussehen, aber Sie sehen mir viel ernster aus als jegliche Studentin, die mir je begegnet ist."

„Ich könnte eine Studentin im Aufbaustudium sein oder eine Ärztin im Praktikum."

„Ja, aber die sind im Allgemeinen zu müde, um wach zu bleiben." Er zeigte auf die junge

Ärztin, die in einem Stuhl nicht weit von ihnen ein Nickerchen machte. „Oder zu sehr auf ihre These konzentriert." Nick zeigte auf einen jungen Mann, der wie verrückt auf seinen Laptop eintippte, dass sie sich fragen musste, wer zuerst zu qualmen anfangen würde: er oder sein Computer.

„Okay dann", gab Michelle zu. Sie genoss dieses kleine Spiel mehr, als sie sollte.

„Sie wollen mich weiter raten lassen, nicht wahr?"

„Es scheint Ihnen Spaß zu machen. Und lieben nicht die meisten Männer Herausforderungen?"

„Ich nehme es an. Aber ich bin nur ein Landei aus Indiana. Und Sie sind eine anspruchsvolle Frau aus der Hauptstadt. Ich habe das Gefühl, dass Sie nur mit mir spielen." Er zwinkerte ihr zu.

Die Landtölpelmasche kaufte sie ihm nicht ab, obwohl es nett war, das musste sie zugeben. „Sie sind ein absoluter Charmeur, stimmt's? Sind Sie deshalb nach D.C. umgezogen? Um die Stadtfrauen mit Ihrem Landei-Charme zu bezaubern?"

„So was Ähnliches." Er griff nach seinem Mokka und nahm einen Schluck.

„Also, was machen Sie?"

„Zum Lebensunterhalt?"

„Ja, zum Lebensunterhalt. Es sei denn, Sie sind unabhängig wohlhabend und wollen sich nur mal unter die Arbeiterklasse mischen."

„Schön wär's." Er grinste. „Aber ich muss schon arbeiten."

„Und Sie wollen mir nicht sagen als was, stimmt's?"

„Sie kommen mir wie eine Frau vor, die das gerne auf eigene Faust herausfindet. Habe ich recht?"

„Sie versuchen doch nicht etwa, sich interessanter zu machen, als Sie sind?"

Er beugte sich über den Tisch und senkte seine Stimme. „Funktioniert es?"

Sie kam ihm entgegen. „Ich werde es Ihnen sagen, sobald es das tut."

„Na gut, dann mache ich mich wohl lieber auf den Weg, bevor wir zu vertraut miteinander werden und meine ganze Rätselhaftigkeit sich in Luft auflöst." Er stand schnell auf und ergriff seinen Rucksack. „Es war nett, Sie kennenzulernen, Michelle. Vielleicht begegnen wir uns ja ein andermal wieder."

„Ja, vielleicht."

Sie sah ihm nach, wie er Richtung Eingangstür marschierte. Die Muskeln seines Hinterns spannten sich mit jedem Schritt an und unwillkürlich fragte sie sich, welche anderen Bewegungen er drauf hatte. Bewegungen, die er an ihr verwenden könnte. Bewegungen intimer Art. Sie leckte sich bei dem Gedanken die Lippen. Es war schon eine Weile her, seit sie mit einem Mann zusammen gewesen war. Vielleicht brauchte sie das, um sich zu entspannen: eine leidenschaftliche Affäre. Es musste ja nichts bedeuten. Tatsächlich war es besser, wenn es das nicht tat. Ihr Leben war sowieso schon chaotisch genug. Sie musste nicht auch noch eine Beziehung hinzufügen.

An der Tür stoppte Nick und bevor er sie öffnete, sah er über seine Schulter und grinste sie an.

Verlegen, dass er sie dabei ertappt hatte, wie sie ihm nachsah, nahm sie ein Schlückchen ihres lauwarmen Latte und tat so, als würde sie ihn nicht beobachten. Aber sie wussten beide, dass sie das getan hatte – noch dazu mit unleugbarem Verlangen. Denn trotz der kurzen Unterhaltung war ein Funke übergesprungen.

Und vielleicht konnte dieser Funke etwas entzünden.

Ein schnelles Feuer.

Eine Flamme, die hell brennen würde, bevor sie genauso schnell wieder erlosch.

5

Seit Tagen wartete Nick schon auf den richtigen Augenblick. Endlich war es soweit.

Er hatte seine Hausaufgaben gemacht, herausgefunden, wo Michelle lebte, was ihre Routine war, mit wem sie sich traf, wo sie einkaufte und was sie aß. Die meisten dieser Informationen hatte er dadurch erlangt, dass er ihr gefolgt war und sie beobachtet hatte. Den Rest hatte er über das Internet herausgefunden. Online war nicht viel über sie herauszufinden gewesen; es war, als hätte sich jemand große Mühe gegeben, ihre Existenz digital auszulöschen. Entweder hatte sie das selbst getan oder jemand hoch oben in der Hierarchie hatte es für sie erledigt.

Jedenfalls war Michelle auf dem besten Weg, ein Gespenst zu werden. Heute noch hier und morgen verschwunden. Nick wusste intuitiv, dass er nicht viel Zeit hatte, seine Mission auszuführen. Heute würde er zum Café gehen und sie um ein Date bitten. Mit all seinem Charme würde er versuchen, sie ins Bett zu bekommen, und dann würde er sich ihren kostbaren Computer ansehen, ohne den sie nie das Haus verließ und auf den sie aufpasste wie ein Luchs, selbst wenn sie im Café nur auf die Toilette ging, obwohl viele andere Kunden dabei oft ihre Laptops unbeaufsichtigt ließen.

Frisch geduscht und rasiert wartete Nick an einem Fußgängerübergang auf das Umschalten der Ampel. Neben ihm standen mehrere Leute. Eine Frau joggte an Ort und Stelle, ihr Blick auf die Ampel auf der gegenüberliegenden Straßenseite geheftet.

Die Vorahnung kam wie immer aus dem Nichts, obwohl er nicht immer sofort erkannte, was er sah. Dieses Mal wusste er es jedoch sofort: Er sah Michelle. Sie verließ das Café und stieß im Hinausgehen mit einem Kunden zusammen. Der Mann fluchte, aber Michelle drehte nicht einmal den Kopf, als hätte sie ihn überhaupt nicht bemerkt. Sie sah besorgt und abgelenkt aus. Etwas machte ihr zu schaffen.

Nick wollte seine Hand nach ihr ausstrecken, um ihr die Sorgen aus dem Gesicht zu wischen, aber in seiner Vorahnung ging Michelle einfach weiter und näherte sich der Kreuzung, wo gerade die Ampel umschaltete. Sie sah nur flüchtig nach rechts, bevor sie auf den Fußgängerüberweg trat. Das Taxi, das von links heranraste, sah sie nicht einmal kommen. Es traf sie und schleuderte sie in die Luft. Ihr Körper flog über das Auto und schlug dahinter auf dem harten Asphalt auf, als wäre sie nur eine Stoffpuppe. Er wusste sofort, dass sie tot war. Wusste es mit einer Bestimmtheit, die einen Schauer durch seine Knochen sandte und ihm das Blut in den Adern gefror.

„Nein!", schrie er und schob die Vision beiseite.

Er warf einen schnellen Blick nach links und

rechts, dann hetzte er zwischen den Autos hindurch über die Straße und zog damit üble Flüche der Autofahrer auf sich. Aber das kümmerte ihn nicht. Er durfte keine Zeit verlieren oder Michelle würde sterben.

Warum er die Visionen hatte und wann oder wie sie erschienen, wusste Nick nicht. Es war seine besondere Gabe – und der Grund, warum er im Verborgenen lebte. Doch heute würde er seine Gabe nutzen, um ein Menschenleben zu retten. Wenn es nicht bereits zu spät war.

Mit dem leichten Rucksack, den Nick immer über eine Schulter geschlungen trug, drängte er sich durch die Menschenmenge, die am frühen Nachmittag die Bürgersteige verstopfte. Wenn jemand ihm nicht schnell genug aus dem Weg ging, dann schubste er ihn beiseite. Flüche und verärgerte Ausrufe folgten ihm, aber er nahm sie kaum wahr. Er war nahe dran, so nahe dran. Nur noch zwei Blocks bis zum Café.

Er lief den Bürgersteig entlang und wich kurz auf die Straße aus, als ein Rollstuhlfahrer seinen Weg blockierte. Ein Auto hupte hinter ihm, aber er lief weiter und zwängte sich zwischen zwei Fahrzeugen hindurch, um nach rechts in die nächste Straße abzubiegen, in der sich am Ende des Blocks das Café befand.

Der Mann, den er von der Vorahnung erkannte, näherte sich der Eingangstür des Cafés. Die Tür schlug ihm fast ins Gesicht, als sie sich öffnete. Die Frau, die herauskam, war Michelle.

Scheiße!

Aus den Augenwinkeln sah Nick etwas Gelbes aufblitzen. Er riss seinen Kopf zur Seite. Ein Taxi fuhr an ihm vorbei.

„Michelle!", rief er aus voller Kehle aus und winkte ihr zu.

Sie hörte ihn weder noch sah sie ihn, sondern näherte sich weiterhin dem verhängnisvollen Fußgängerüberweg.

Nick rannte noch schneller und drückte sich mit aller Kraft von dem heißen Asphalt weg. Sein Herz raste und seine Lunge arbeitete rekordverdächtig.

Ich muss sie erreichen! Lauf! Verdammt, lauf!

„Michelle!", schrie er noch einmal, aber ein Hupen überdröhnte seine Stimme.

Nur noch ein paar Meter, nur noch ein paar. Du schaffst das!

Er schoss an einer Frau mit einem Kleinkind vorbei und holte das Taxi ein. Vor ihm stand Michelle am Zebrastreifen und schaute nach rechts, von ihm und dem sich nähernden Taxi weg. Alles schien nun in Zeitlupe zu geschehen. Das Taxi, das sich der Kreuzung näherte ... Michelle, die ihren Fuß hob, um einen Schritt auf die Straße zu machen ...

„Michelle!" Nick raste auf sie zu.

Michelle fuhr herum. Mit offenem Mund, einem Fuß auf der Straße und einem auf dem Bürgersteig, erstarrte sie. Nick stürzte sich auf sie, riss sie im Sekundenbruchteil zur Seite, weg von dem Verkehr und schob sich somit zwischen sie und das Taxi, das sie gerade erreicht hatte.

Er stieß sie von sich zur Mitte des Bürgersteigs, während er versuchte, sich selbst wegzudrehen, doch der Träger seines Rucksacks verfing sich im Spiegel des Taxis, riss ihn von seiner Schulter, streifte seinen Arm und schleuderte Nick dadurch zur Seite.

Nick prallte gegen ein metallenes Zeitungsgestell, wobei sein linker Arm und seine Flanke die ganze Wucht des Aufpralls abbekamen. Aber er hatte keine Zeit, sich darum zu sorgen, genauso wie er sich um die Schreie und aufgeregten Ausrufe der Zuschauer keine Gedanken machen konnte.

Stattdessen suchte er nach Michelle. Er fand sie schließlich mitten auf dem Bürgersteig, aufrecht stehend, doch sichtbar erschüttert. Er suchte ihren Körper ab, sah aber keine offensichtlichen Verletzungen.

Erleichtert sank er zu Boden und lehnte sich gegen das Zeitungsgestell. „Gott sei Dank", stieß Nick aus, als er endlich wieder Luft bekam.

„Um Gottes willen!" Michelle lief etwas schwankend und schockiert aussehend auf ihn zu.

„Bist du in Ordnung, Michelle?" Er sah sie von oben bis unten an.

Sie atmete schwer, während sie sich zu ihm hinunterbeugte. „Das Taxi hätte mich erwischt!" Ihre Lippen bebten. „Wenn du nicht da gewesen wärst ..." Sie schloss ihre

Augen für einen Moment und schluckte schwer.

Erst jetzt wurde ihm bewusst, dass sie dazu übergegangen war, ihn zu duzen.

Er fasste nach ihrer Hand, aber der Schmerz in seinem Arm und seiner Seite ließ ihn zusammenzucken. Er atmete tief durch und drängte die Empfindung zurück.

Michelles Blick flog zu seinem Arm. „Du bist verletzt. Beweg dich nicht. Ich rufe einen Krankenwagen."

Sofort schüttelte Nick den Kopf. „Ich brauche keinen Krankenwagen. Es ist alles in Ordnung."

Er wollte keinen Krankenwagen. Genauso wenig wie einen Polizeibericht über diesen Vorfall. Obwohl er sich eine gefälschte Identität aufgebaut hatte, hatte er nicht die Absicht zu prüfen, wie gut er seine Spuren verwischt hatte.

Einige Zuschauer drängten sich um sie. Ein Mann drückte sich durch die Menge: der Taxifahrer.

„Sind Sie in Ordnung, Junge?", fragte er, sichtlich aufgerüttelt.

Nick nickte schnell.

„Scheiße!" Der Taxifahrer fuhr sich mit der Hand über den Kopf. „Sie sind mir direkt vor das Taxi gelaufen. Es war nicht meine Schuld."

Einige Fußgänger brummten verärgert.

„Typisch Taxifahrer!", fluchte einer.

Mit seinem unverletzten Arm stemmte sich Nick vom Boden ab und zog sich am Zeitungsgestell hoch. „Es geht mir gut. Nichts passiert." Er zwang ein dünnes Lächeln auf sein Gesicht und nickte dem Taxifahrer zu. „Es geht mir gut. Sie müssen sich nicht kümmern."

„Du brauchst einen Arzt, der dich untersucht. Du könntest eine Gehirnerschütterung haben", beharrte Michelle.

Nick legte seine Hand auf ihren Unterarm und drückte diesen sanft. „Es geht mir gut. Glaub mir."

Der Taxifahrer warf ihm einen unsicheren Blick zu und kratzte sich am Hals. „Sind Sie sicher? Sie werden mich doch nicht hinterher verklagen, oder?"

„Ich werde Sie nicht verklagen. Es war ganz und gar meine Schuld."

Schließlich marschierte der Taxifahrer zurück zu seinem Wagen. Nick wandte sich an die anderen Fußgänger, die weiter herumstanden, um nichts zu verpassen.

„Wirklich, es gibt hier nichts mehr zu sehen", beteuerte er ihnen und machte eine scheuchende Bewegung.

„Ist das Ihre Tasche, Ma'am?" Ein Kind zeigte auf eine Computertasche auf dem Bürgersteig.

Michelle nickte und der Junge übergab sie ihr. „Danke."

Langsam löste sich die gaffende Menge auf. Nick schaute sich flüchtig um. Gut möglich, dass jemand bereits den Notruf gewählt hatte und die Polizei schon auf dem Weg war. Deshalb konnte er nicht riskieren, noch länger hier herumzuhängen. Er packte seinen Rucksack, erfreut zu sehen, dass dieser trotz der harten Landung noch intakt war.

„Jemand muss sich die Wunde ansehen", sagte Michelle.

Er lächelte sie an, von ihrer Sorge berührt. „Es ist nur eine kleine Quetschung. Ich werde es überleben."

„Bitte, lass mich dich ins Krankenhaus bringen."

„Nein. Ich habe im Moment keine Krankenversicherung." Das war nicht gelogen, wenngleich das nicht der Grund war, warum er keinen Arzt wollte. „Ich muss nur etwas Eis drauflegen."

Michelle stieß verärgert den Atem aus. „Verflucht, musst du so störrisch sein?"

Er grinste. „Du hältst mich also für störrisch?"

Sie verdrehte ihre Augen. „Dann lass uns zumindest zu meiner Wohnung gehen. Ich schaue mir deine Verletzungen selbst an und ich schwöre, wenn ich der Meinung bin, dass du einen Arzt brauchst, dann liefere ich dich höchstpersönlich in einem Krankenhaus ab."

Bei ihrem Befehlston wollte Nick ihr beinahe salutieren wie ein Soldat seinem Kommandanten. Aber er verkniff es sich. „Jawohl, Ma'am."

6

Zumindest sträubte Nick sich nicht gegen ihre Hilfe.

„Kannst du gehen?", fragte Michelle und musterte ihn.

„Ja. Wo wohnst du?"

Sie deutete in die Richtung, in die sie ursprünglich unterwegs gewesen war. „Es ist nicht weit. Nur ein paar Blocks."

Michelle schlang sich ihre Laptoptasche über die Schulter und wartete tief durchatmend darauf, dass die Ampel auf Grün umschaltete. Sie zitterte immer noch, dabei wurde ihr erst jetzt so richtig bewusst, was geschehen war. Sie war tatsächlich im Begriff gewesen, die Straße zu überqueren, ohne sich umzusehen. Wäre Nick nicht rechtzeitig aufgetaucht, wäre sie direkt in das Taxi hineingelaufen. Innerhalb von Sekunden hätte alles vorbei sein können. Ihr schauderte bei dem Gedanken.

„Bist du ok?"

Nicks Stimme klang besorgt und sie wandte ihm ihr Gesicht zu. „Die ganze Sache wird mir erst jetzt so richtig bewusst. Ich kann nicht glauben, dass ich so unvorsichtig war. Was für ein glücklicher Zufall, dass du genau in dem Moment aufgetaucht bist!"

Nick nahm ihre Hand in seine und drückte sie. „Denke nicht länger darüber nach. Das macht dich nur verrückt. Ich bin froh, dass ich dich noch rechtzeitig gefunden habe."

Auf die sonderbare Formulierung hin zogen sich ihre Augenbrauen zusammen. „Du hast mich gesucht?"

„Eigentlich ja, ich war gerade auf dem Weg zum Café in der Hoffnung, dich dort zu treffen, da sah ich dich an dieser Kreuzung stehen."

„Oh." Das war sonderbar, da sie sich seit

ihrer ersten Begegnung vor ein paar Tagen nicht mehr gesehen hatten.

„Ja, als ich dich dort sah, wurde mir klar, dass du das Café bereits wieder verlassen hattest, also habe ich nach dir gerufen, damit du mir nicht entkommst." Nick grinste und zuckte mit den Schultern. Dann wies er sie auf die grüne Ampel hin und zusammen überquerten sie die Straße. „Ich habe ein paar Tage gebraucht, um all meinen Mut zusammenzunehmen, dich auf einen Kaffee einzuladen. Ich wollte diese Gelegenheit nicht verpassen. Also rannte ich, um dich einzuholen."

Ihr Herz fing an, schneller zu schlagen, und dieses Mal tat es das nicht aus Panik oder Schock. „Du wolltest mich auf einen Kaffee einladen?" Und stattdessen hatte er sie vor einem Unfall gerettet.

Nick warf ihr einen Seitenblick zu. „Ich dachte mir, ich könnte meinen Landtölpelcharme noch mal bei dir ausprobieren und sehen, ob es dieses Mal besser funktioniert."

Ungläubig schüttelte sie den Kopf. War dieser Mann echt? Nicht nur war er ein Held, weil er sie ohne Bedenken um seine eigene Sicherheit gerettet hatte, er war auch noch bescheiden und absolut lieb und charmant. Ganz zu schweigen von gut aussehend und teuflisch sexy. Und – ein flüchtiger Blick auf seine Hände – anscheinend auch noch Single. Oh Gott, warum war sie nicht schon früher einem Kerl wie ihm begegnet, als ihr Leben noch nicht begonnen hatte, zu entgleisen?

„Ich weiß nicht, was ich darauf sagen soll." Sie fasste ihn am Arm.

Er zuckte zusammen und sagte: „Du musst nichts sagen. Aber ein Eisbeutel wäre im Moment gerade recht."

„Tut mir so leid", entschuldigte sie sich, als ihr bewusst wurde, dass sie gerade seinen verletzten Arm gedrückt hatte. „Lass uns reingehen und dann kümmere ich mich um deine Verletzung."

Sie zeigte auf ein dreistöckiges Backsteingebäude. „Leider gibt's keinen Aufzug."

„Mit meinen Beinen ist alles in Ordnung."

Michelle wandte sich zur Tür und schloss auf. Sie trat ein und Nick folgte ihr die alte quietschende Treppe hinauf.

„Wohnst du alleine?"

Sie schaute über ihre Schulter. „Ja, die Zwei-Zimmer-Wohnung ist gerade billig genug, um sie mit niemandem teilen zu müssen."

„Gut."

Einen Augenblick lang setzte ihr Herz aus. War es klug, einen Mann mit in ihre Wohnung zu nehmen, dem sie heute erst zum zweiten Mal begegnet war? Forderte sie nicht ihr Schicksal heraus, wenn sie ihn zu einem Ort einlud, wo sie ganz alleine sein würden? Schließlich wusste sie überhaupt nichts über ihn.

Nichts, abgesehen von der Tatsache, dass er charmant war – was der Serienmörder Ted Bundy auch gewesen war – und dass er ihr das Leben gerettet hatte. Die Erinnerung daran half ihr dabei, eine Entscheidung zu treffen. Nick hatte sein eigenes Leben riskiert, um ihres zu retten, und war dabei verletzt worden.

Sich zu versichern, dass es ihm gut ging, war das Mindeste, was sie für ihn tun konnte. Und dass er nicht ins Krankenhaus wollte, konnte sie ihm nicht übel nehmen. Ohne Versicherung würden sie ihm für eine Röntgenaufnahme und einen Eisbeutel eine Stange Geld abverlangen.

„Hier ist es", kündigte sie an, als sie das oberste Geschoss erreichten. Auf dieser Etage gab es nur zwei Wohnungen. Sie zog ihren Schlüsselring aus der Tasche und steckte den Schlüssel in das Schloss.

Als sie die Tür aufdrückte und sich umdrehte, sah sie Nick im Flur zögern. Sie winkte ihm zu. „Komm schon, ich beiße nicht."

Er grinste. „Versprochen?"

Michelle legte ihre Schlüssel auf den Tisch in dem winzigen Flur, von dem aus eine Tür zum Badezimmer und die andere ins Schlafzimmer führte. Durch einen Bogen vor ihr gelangte man in das Wohnzimmer mit der angrenzenden kleinen Küche. Es war nicht viel, aber zumindest hatte sie hier ihre Ruhe.

„Nette Wohnung", kommentierte Nick und folgte ihr ins Wohnzimmer.

„Setz dich. Und zieh dein Hemd aus", verlangte sie und marschierte in die Küche.

Die Tür zwischen Wohnzimmer und Küche war schon lange wegen Platzmangels entfernt worden. Sie öffnete das Gefrierfach und durchstöberte es, bis sie schließlich einen Beutel gefrorener Erbsen fand. Der musste herhalten. Sie schnappte sich ein sauberes Geschirrtuch aus der Schublade, wandte sich wieder dem Wohnzimmer zu – und erstarrte.

Nick stand im Türrahmen, seine Brust nackt und glitzernd vom Schweiß. Er war sogar noch besser gebaut, als sie bei ihrer ersten Begegnung vermutet hatte. Tatsächlich war er regelrecht muskulös. Das Wasser lief ihr im Mund zusammen, als sie seinen Waschbrettbauch und seine gut definierten Brustmuskeln zucken sah.

Der einzige Ton, den sie aus ihrer trockenen Kehle herauswürgen konnte, war *„Äh."* Großartig, jetzt hatte sie sich gerade in eine geifernde Jugendliche verwandelt. Wie kläglich.

„Tut mir leid, ich wollte dich nicht

erschrecken." Der tiefe Ton in seiner Stimme prallte von den Wänden der kleinen Küche ab.

In dem winzigen Raum wirkte er sogar noch imposanter, noch attraktiver und verlockender.

„Ist das der Eisbeutel?"

Er deutete auf den Beutel Erbsen und endlich konnte sie sich wieder bewegen.

„Ja, ja. Tut mir leid, ich habe keine richtigen Eiswürfel, aber das hier wird auch den Zweck erfüllen." Sie drehte sich zur Seite. „Warum setzt du dich nicht hierher und ich schau dich an." Als ob sie ihn nicht die ganze Zeit schon *anschaute*. Oder besser gesagt *angaffte*.

Er drückte sich an ihr vorbei zu dem einzigen Barhocker an der winzigen Frühstückstheke, die gerade Platz für eine einzige Person bot. Ungeschickt drehte sie sich, weil sie vermeiden wollte, ihn zu streifen, aber natürlich geschah es dennoch.

Ein Adrenalinstoß durchfuhr sie bei dem unerwarteten Kontakt. Die darauffolgende Hitzewelle versengte sie von innen heraus und ließ die drückende Temperatur in ihrer

Dachgeschosswohnung um ein paar Grad ansteigen. In diesem Augenblick wünschte sie sich, sie hätte eine Klimaanlage, obwohl die ihr in diesem Fall wahrscheinlich nicht dabei geholfen hätte, ihren Körper zu kühlen.

Nick nahm auf dem Barhocker Platz und wandte sich ihr zu. Sie legte den Erbsenbeutel auf den Tresen und griff nach seinem Arm.

„Ich werde deinen Arm nur leicht berühren, um zu sehen, ob er gebrochen ist, ok?"

Er nickte nur, blieb jedoch stumm. Michelle spürte seine Augen auf sich und versuchte, ruhig zu bleiben. Es war nur natürlich, dass er sie beobachtete, während sie ihn untersuchte. In seiner Situation würde sie das Gleiche tun. Es bedeutete nicht, dass er an ihr interessiert war. Außerdem stand er vermutlich unter Schmerzen und nicht einmal Männer hatten romantische Gefühle, wenn ihnen etwas wehtat, oder?

Langsam strich sie mit ihren Händen über seinen Arm. Sein Unterarm fühlte sich gut an und als sie ihn zögernd drückte, protestierte er nicht. Danach prüfte sie, ob er seinen Ellbogen richtig abbiegen konnte und alles schien in Ordnung zu sein.

„Nichts verletzt", kommentierte er.

Sie fuhr über seinen Oberarm und übte etwas Druck aus. Sofort zuckte Nick zurück und stöhnte.

„Sorry." Ihre Blicke trafen sich. „Ich muss das noch genauer überprüfen."

„Mmm-hmm." Seine Augen waren unlesbar. Täuschte sie sich oder hatten sie sich verdunkelt?

Die Wärme, die von Nicks Haut ausging, ließ ihre Finger prickeln. Sie nahm einen stärkenden Atemzug und hoffte, er bemerkte nicht, wie sehr ihr die Berührung naheging. Zum Teufel, sie war doch keine errötende Jungfrau! Er war nicht der erste Mann, den sie berührte und er würde auch nicht der letzte sein. Obwohl es schon eine Weile her war, seit sie mit jemandem zusammen gewesen war. Möglicherweise zu lange. Möglicherweise war das der Grund, warum es sie so nervös machte, ihn zu berühren.

Sie versuchte, sich zusammenzureißen und fuhr fort, seinen Arm zu untersuchen. Obwohl er die Luft durch seine Zähne zog, als sie seinen Bizeps drückte, glaubte sie nicht, dass sein Arm gebrochen war.

„Ich glaube, es ist nur eine Prellung. Die Stelle wird vermutlich in ein oder zwei Tagen blau werden." Sie tauschte einen Blick mit ihm aus.

„Genau, wie ich mir schon dachte. Danke."

„Warte", sagte sie. „Was ist mit deinen Rippen?" Sie zeigte zu seiner Flanke. „Du bist recht hart gegen das Zeitungsgestell gedonnert. Hebe deinen Arm hoch."

Nick folgte ihrem Befehl und sie drückte leicht ihre Hand gegen seine Seite.

Er wich zurück. „Okay, für heute reicht es mit dem Doktorspielen", sagte er leichthin, obwohl sein Gesichtsausdruck ihr bestätigte, dass er sich dort ebenfalls Prellungen zugezogen hatte.

Michelle neigte ihren Kopf zur Seite. „Und dabei hatte ich doch so viel Spaß", entgegnete sie sarkastisch und seufzte. „Wirklich, Männer."

Sie ergriff den Erbsenbeutel und legte ihn über seinen Oberarm. „Halte mal fest."

Während er den behelfsmäßigen Eisbeutel

an seinen Bizeps drückte, wickelte sie das Geschirrtuch darum und verknotete es. „Das geht so."

Sie öffnete das Gefrierfach nochmals und schnappte sich einen Beutel Mais. „Das ist für deine Rippen. Halte das eine Zeit lang an deine Seite gedrückt."

„Jawohl, gnädige Frau."

Sie stemmte ihre Hände in die Hüften. „Und mach dich nicht über mich lustig. Ich versuche dir zu helfen, du störrischer Idiot." Sie schniefte.

„Also bin ich jetzt ein Idiot?", fragte er viel zu sanft – fast, als wüsste er, was in ihrem Inneren vor sich ging.

Ihre Augen füllten sich mit Tränen. Nick hätte heute sterben können. *Für sie.* Während er ihr elendes Leben rettete, ein Leben, das sie doch praktisch schon verwirkt hatte. Denn wenn sie Smith nicht das gewünschte Ergebnis liefern konnte, würde er sie ins Gefängnis werfen lassen. Und im Moment war sie an einer Sackgasse angelangt. Als hätte jemand vor ihr eine Wand aufgebaut. Eine, die sie nicht durchdringen konnte. Ihr gingen die Ideen aus, genauso wie die Zeit.

„Warum hast du das getan?" Ein Schluchzen riss sich aus ihrer Brust. „Dieses Taxi hätte dich töten können! Du kennst mich doch nicht einmal. Du weißt doch nicht einmal, ob ich es wert bin, für mich dein Leben zu riskieren. Du Idiot." Das letzte Wort schaffte es kaum über ihre Lippen, da ihr Schluchzen ihr die Stimme abschnitt.

Einen Moment später spürte sie, wie er seine Hand um ihr Handgelenk schloss und sie näher zog. Seine Arme legten sich um sie und plötzlich fand sie sich zwischen seinen gespreizten Beinen gefangen und an seine Brust gedrückt.

Er benutzte seinen Zeigefinger, um ihr Kinn anzuheben, damit sie ihn ansehen musste. „Jedes Leben ist es wert zu retten." Er pausierte und grinste. „Und was die Tatsache anbelangt, dass du mich einen Idioten geschimpft hast: Dafür hätte ich gerne eine Entschuldigung." Sein Blick fiel auf ihren Mund.

Ihr Atem stockte und jede Zelle ihres

Körpers war sich seiner Nähe bewusst. Ihr Puls fing an zu hämmern und Schweiß breitete sich auf ihrer Haut aus.

„Eine wirklich nette, lange Entschuldigung." Er senkte seinen Kopf, bis seine Lippen nur ein paar Zentimeter über ihren schwebten. „Wie wär's jetzt mit dieser Entschuldigung?"

Seine Stimme wirkte wie eine Droge, die sie zusammen mit seinen starken Armen gefangen hielt. Sein Atem streichelte ihr Gesicht und führte sie in Versuchung.

„Nur ein Kuss", raunte sie.

„Zwei. Schließlich hast du mich zweimal Idiot genannt."

„Zwei dann."

In dem Moment, als das letzte Wort ihren Mund verließ, spürte sie Nicks Lippen auf ihren. Zuerst war der Kontakt weich und sanft, ein bloßes Streichen von Haut auf Haut, von Wärme an Wärme. Instinktiv öffneten sich ihre Lippen und sie atmete seinen männlichen Geruch ein, inhalierte sein Aroma und nahm es tief in ihre Lunge auf. Ein angenehmer Schauer lief ihr Rückgrat hinab und ließ sie in seinen Armen erbeben.

Ein zufriedenes Summen rauschte über seine Lippen und landete auf ihren. Die Vibration verbreitete ein prickelndes Gefühl über ihren Mund und ihr ganzes Gesicht.

Sie wusste sofort, dass zwei Küsse nicht genug sein würden, um den plötzlichen Hunger zu stillen, der gerade in ihr erwacht war.

7

Nick neigte seinen Kopf zur Seite und nahm Michelles Lippen gefangen. Er kostete ihre trocknenden Tränen und ihren süßen Atem. Ihr plötzlicher emotionaler Ausbruch hatte ihn überrascht. Gleichzeitig hatte sich ihm dadurch eine Gelegenheit aufgetan, die er ergreifen musste: ihr so nahe wie möglich zu kommen. Er unterdrückte das Schuldgefühl, das sich zu regen begann. Tief in seinem Inneren wusste er, dass es falsch war, was er hier tat, aber er konnte nicht damit aufhören.

Sie in seiner Vision sterben zu sehen, war so echt gewesen, und die Erkenntnis, dass jene

Vorahnung in Erfüllung gegangen wäre, wenn er auch nur zwei Sekunden später gekommen wäre, ließ ihn immer noch schaudern. Dieses Gefühl konnte er nicht ignorieren. Was er jetzt brauchte – was sie beide brauchten – waren einige Augenblicke der reinen Hingabe. Eine kurze Feier des Lebens, der Lust und Leidenschaft, der Weichheit und Ekstase. Für kurze Zeit würde er seine wirkliche Mission vergessen und sich nur auf eine Sache konzentrieren: die Frau in seinen Armen vergessen zu lassen, dass sie heute nur knapp dem Tode entronnen war.

Er wollte sie mit Leidenschaft überhäufen, ihren Körper vor Vergnügen zum Summen bringen und sich in ihr verlieren. Nur für eine kurze Zeit. Es würde keine Lüge sein, sondern echt und ehrlich.

Nick ignorierte den Schmerz in seiner Seite und konzentrierte sich nur auf Michelle, auf ihre sanften Lippen, den köstlichen Geschmack ihres Mundes, das beharrliche Streicheln ihrer Zunge, während sie sich mit ihm in einem Match duellierte, das keiner gewinnen konnte. *Hunger* war das Wort, das sich ihm in den Sinn drängte, als sie sich mit ihren Händen an seine Schultern klammerte, als würde ihr Leben davon abhängen, als hätte sie Angst, er würde sie beiseite stoßen.

Seine Hände wanderten über ihre Taille hinunter zu ihrem strammen Po, den er durch das dünne Gewebe ihres Rockes spüren konnte. Verdammt, trug sie unter diesem dünnen Baumwollstoff überhaupt irgendetwas? Sie fühlte sich an wie nackt.

Nick knurrte unwillkürlich, vertiefte seinen Kuss und zog sie dabei an seine Leiste, wo sein Schwanz bereits so hart wie ein Brecheisen war.

Michelle stöhnte in seinen Mund, während sich ihr Körper einen Augenblick lang versteifte. Ja, sie spürte seine Erektion, wusste, was auf sie zukam, denn ein Kuss würde jetzt nicht mehr genügen. Er brauchte mehr von ihr. Er musste in ihr sein, um den Schrecken der letzten Stunde auszulöschen. Damit er vergessen konnte.

Ungeduldig schob er seine Hände unter ihren Rock. Er sprang fast aus seiner Hose, als er nackte Haut unter seinen Fingern verspürte.

Er erforschte ihren Po und es wurde ihm klar, dass sie einen Tanga trug. Er hätte wissen sollen, dass eine heiße Frau wie Michelle sexy Unterwäsche anhatte. Nicht, dass er in diesem Moment ein zusätzliches Aphrodisiakum in Form von aufreizender Wäsche benötigte.

Dass Michelle ihn mit solch uneingeschränkter Leidenschaft küsste, machte ihn schon heiß genug. Und wie Michelle sich an seinen Schwanz rieb, war schon fast zu viel. Aber sie tat es und er hatte nicht vor, sie zu stoppen. So wie auch sie ihn nicht aufhielt, als er ihren Tanga über ihre Schenkel hinunterzog, bis dieser schließlich zu ihren Füßen hinabfiel.

Jetzt hatte er vollen Zugriff zu ihrem Geschlecht und nutzte das. Seine Hand fuhr ihren Po hinab zum Scheitelpunkt ihrer Schenkel und griff dazwischen. Sie ließ es geschehen und machte ihre Beine breiter, um seiner Hand Zugang zu gewähren.

Sie war dort warm und feucht. Ein Tropfen ihrer Säfte beschichtete seinen Finger und er rieb ihn entlang ihrer feuchten Spalte. Bei der Berührung zuckte sie unwillkürlich, doch sie wich nicht zurück. Stattdessen rieb sie ihr Becken gegen seinen Schwanz, als bäte sie um mehr.

Nick riss seine Lippen von ihren. „Willst du das, ja? Willst du meinen Schwanz?"

Augen, flackernd voller Leidenschaft, starrten ihn an. Ihr Gesicht war gerötet und sie senkte ihre Lider leicht, aber er erlaubte ihr nicht, ihm auszuweichen. „Sieh mich an."

Sie riss ihre Augen auf und nagelte ihn mit ihrem Blick fest.

„Möchtest du das?" Er rieb seinen Schwanz gegen sie und streichelte mit zwei Fingern ihre feuchten Schamlippen entlang zum Eingang ihres Körpers. „Möchtest du mich in dir haben?"

„Ja." Sie legte ihre Hand an seinen Nacken und zog ihn zu sich, bis kaum noch Raum zwischen ihnen war. „Ich möchte dich. Jetzt. Hier."

Gut, dass er darauf vorbereitet war. Er hatte ein paar Kondome in seine Hosentasche gesteckt, bevor er seine Wohnung verlassen hatte. Die würden jetzt gelegen kommen.

„Gut, denn das wollte ich schon seit dem

Augenblick, als du mich dazu gebracht hast, meinen Mokka zu verschütten."

„Ich habe dich nicht dazu gebracht, deinen Mokka zu verschütten."

„Hast du doch."

Er nahm ihre Lippen wieder gefangen und hinderte sie daran, noch weitere Proteste zu äußern. Er küsste sie und hob sie hoch, nahm ihre Beine und schlang sie um seine Taille. So marschierte er mit ihr ins Wohnzimmer und sein Schwanz rieb mit jedem Schritt an ihrer Mitte. Die erregende Empfindung ließ sogar den Schmerz in seinem Arm im Hintergrund verblassen.

Er legte sie behutsam auf das Sofa und senkte sich zwischen ihre Schenkel. Keine Zeit verlierend, schob er ihren Rock hoch, um ihr Geschlecht zu entblößen. Der Anblick raubte ihm fast den Atem. Sie war vollkommen enthaart. Nichts war vor ihm verborgen.

„Baby", stöhnte er.

Wie sollte er das nur überleben? Noch ein paar Sekunden und er würde sofort in seiner Hose kommen. *Verdammt!* Er musste seine Selbstbeherrschung wiedererlangen.

Nick hob seinen Blick und kollidierte mit Michelles Augen. „Du bist wunderschön." Dann senkte er seinen Kopf, hielt aber weiterhin Blickkontakt. „Ich hoffe, es macht dir nichts aus, aber ich habe das Mittagessen ausfallen lassen. Und ich liebe Buffets." Und dem Festessen, das gerade vor ihm ausgebreitet war, konnte er unmöglich widerstehen. „So viel ich haben will."

Ihr Atem stockte, als sich sein Mund ihren glatten Schamlippen näherte und sie zum ersten Mal kostete. Langsam leckte er über ihre nackte Haut und erfasste den Tau, der sich auf ihr gesammelt hatte. Seine Hände drückten ihre Schenkel weiter auseinander.

„Öffne dich für mich", bat er sie und leckte entlang ihrer köstlichen Falten.

Michelle machte ihre Beine breiter und legte eines über die Rückenlehne des Sofas.

„Gut. Genau so." Er schob seine Hände unter ihren Po und kippte ihr Becken hoch. Dann tauchte er zurück zu ihrem Geschlecht und liebkoste sie wie ein Mann, der tagelang nichts gegessen hatte.

Michelle war so einfach zu lesen. Jedes

Stöhnen und Seufzen, jede ihrer Bewegungen zeigten ihm, was sie mochte und wonach sie sich sehnte. Er stellte sich auf ihre Wünsche ein, leckte sie jetzt zärtlicher, mit längeren Strichen. Mit jeder Sekunde wurde sie feuchter, ihr Stöhnen lauter und häufiger. Sie zerrte an den Spaghettiträgern ihres Tops und er wurde sich bewusst, dass ihr zu heiß war.

Nick hielt inne und half ihr, sich des Tops und des Rockes zu entledigen. Als sie schließlich nackt vor ihm lag, ließ er seinen Blick über sie schweifen. Sie war sexy wie die Sünde selbst. Und die Tatsache, dass er noch immer seine Hose trug, machte die ganze Situation noch aufregender.

Nick nahm ihre Hand und führte sie an seine Hose, drückte sie dorthin, wo seine Erektion pochte. „Siehst du, was du mir antust?"

Als Michelle ihre Unterlippe zwischen ihre Zähne zog, kam er beinahe. Oder war es, weil sie in diesem Moment seinen Schwanz drückte? Es war nicht von Bedeutung. Was von Bedeutung war, war, seine Kleidung loszuwerden oder er würde sich tatsächlich in seiner Hose ergießen.

Er erhob sich von der Couch, kickte seine Schuhe weg und zog seine Hose aus. Als er seine Daumen in den Bund seiner Retropants hakte, trafen sich ihre Blicke. Mit erwartungsvoller Begierde starrte sie ihn an.

„Ja, schau dir meinen Schwanz an. Schau dir an, was du gleich in dir haben wirst." Langsam schob er seine Unterwäsche nach unten und ließ seine Erektion herausragen.

Bei ihrem Blick voller Bewunderung und eifriger Erwartung schwoll der Stolz in ihm an. Er würde dafür sorgen, dass sich dieser Blick in Kürze zu einem voller Zufriedenheit und Ekstase verwandelte.

Er griff in seine Hosentasche, zog ein Kondom heraus und riss die Verpackung auf.

„Du bist vorbereitet gekommen."

Bei ihren Worten blickte er zu ihr zurück. Michelle stützte sich auf ihren Ellbogen auf und ihre Nippel zeigten geradewegs auf ihn.

„Du kannst es einem Mann nicht verübeln, wenn er darauf hofft, dass ihm was Gutes widerfährt."

Sie lächelte sanft. „So nennst du das also."

Er rollte das Kondom über seinen steinharten Schwanz. „Wie würdest du es denn nennen?"

Michelle warf einen bedeutungsvollen Blick auf seine Erektion. „Möglicherweise bin ich diejenige, der etwas Gutes widerfährt."

Nick warf seinen Kopf zurück und lachte. „Eine Frau nach meinem Geschmack." Er kniete sich mit einem Bein auf das Sofa. „Also sag mir, wie möchtest du es? Ich bin für Vorschläge offen, denn ehrlich gesagt ist es mir egal, wie es geschieht, solange ich in dir sein werde."

„Hör auf zu reden." Sie sank zurück in die Sofakissen und lockte ihn mit einer Bewegung ihres Fingers zu sich. „Lass mich dich einfach spüren."

„Ja, Ma'am."

Mit einem Schmunzeln, das mit Sicherheit dauerhaft werden würde, senkte sich Nick zwischen ihre Beine und brachte seinen Schwanz zu ihrer Mitte. Er rieb ihn an ihrem feuchten Geschlecht entlang und erlaubte den warmen Säften, das Kondom zu beschichten.

Als sie stöhnte und sich ihm entgegenbäumte, rieb er seinen Schwanz über ihre Klitoris und neckte das kleine Organ. Wenn er noch etwas Selbstbeherrschung übrig hätte, würde er ihren Lustknopf so lange lecken, bis sie kam, aber das war etwas, das er auf ein andermal verschieben müsste, denn im Moment konnte er keine Sekunde länger damit warten, in ihr zu sein.

„Sag mir, dass du meinen Schwanz willst", verlangte er.

Sie hob ihre Hand und legte sie um seinen Nacken, um ihn zu sich hinabzuziehen. „Ich möchte deinen Schwanz in mir spüren. Und wenn du jetzt nicht sofort damit anfängst, dann werde ich schreien!"

„Michelle, lass uns eine Sache klarstellen: Du wirst so oder so schreien", versprach Nick und stieß in sie hinein, bis seine Hoden gegen ihre Haut schlugen.

Mit männlicher Genugtuung bemerkte er, wie sich ihre Augen schlossen und die Luft aus ihrer Lunge wich, wie sie ihre Unterlippe zwischen ihre Zähne zog und wie sich ihre Hand um seinen Nacken klammerte und sich ihre Fingernägel in ihn gruben. Sogar das bisschen Schmerz, das sie ihm damit verursachte, war ihm willkommen.

Als er sich zurückzog, um wieder in sie zu stoßen, verspürte er Schmerz in seiner Seite und seinem Arm und bemerkte, dass der Eisbeutel seinen Arm hinuntergerutscht war. Er warf ihn beiseite. Seine Wunden konnte er später wieder auf Eis legen. Jetzt musste er mit dieser wunderbaren Frau unter ihm Liebe machen. Darauf war sein einziger Fokus gerichtet.

Er verlagerte sein Gewicht auf seine unverletzte Seite und stützte sich auf seinen Knien und einem Ellbogen ab, während er anfing, sich in ihr zu bewegen. Gott, fühlte sie sich gut an. Sanft, warm, willkommenheißend. Sie umschlang ihn wie ein Handschuh, wie ein fester Verband, der gleichzeitig streichelte und beruhigte. Ihre inneren Muskeln waren fest und stark und hielten ihn wie ein Schraubstock fest.

Nick wischte eine Strähne ihres dunkelblonden Haares aus ihrem Gesicht und starrte in ihre Augen. „So schön." Und doch war sie sein Feind, obwohl sie das nicht wusste, keine Ahnung davon hatte, wer er war oder warum er hier war. In gewisser Weise war sie eine Unschuldige. Er war das Raubtier. Ein Raubtier, das nichts mehr wollte, als dem schönen Geschöpf in seinen Armen Vergnügen zu bereiten. Er wollte nichts mehr, als ihr Freude und Befriedigung zu schenken. Und spüren, wie sie sich ihm hingab und ihm unterwarf, selbst wenn es nur für ein paar Minuten war.

Er warf seinen Kopf zurück. Verdammt noch mal, er wünschte sich, dass sie nicht sein Feind wäre. Er wollte sie nicht benutzen müssen. Und in diesem Augenblick wünschte er sich nichts mehr, als dass seine Vermutung, dass Michelle die Person war, die ihn online gejagt hatte, falsch war. Doch alle Indizien deuteten auf sie hin. Der Guy-Fawkes-Anhänger, der sogar jetzt um ihren Hals baumelte, verspottete ihn, obwohl dessen Besitzerin nichts von dem Tumult mitbekam, den sie ihm damit verursachte.

„Oh Gott, Michelle!", rief er aus und nahm sie härter. Fast so, als wollte er sie bestrafen, dabei wollte er doch in Wirklichkeit sich selbst bestrafen.

„Nick! Oh ja!" Sie drängte sich ihm entgegen, erhöhte ihr Tempo und ihre Atmung wurde unregelmäßig.

Er riss seine Augen von dem Anhänger los, versuchte, nicht daran zu denken, und schaute stattdessen in Michelles glühendes Gesicht. Schweißperlen hatten sich auf ihrer Stirn gebildet und gaben ihrer Haut einen verlockenden Glanz. Ihre Lippen waren leicht geöffnet und reizten ihn, sie für einen weiteren Kuss gefangen zu nehmen.

„Ich habe meinen zweiten Kuss noch nicht bekommen", raunte er ihr zu.

Ein weiches Lachen barst von ihren Lippen. „Aber das hast du doch." Sie senkte ihren Blick nach unten und er wusste sofort, was sie meinte.

„Oh das." Er zwinkerte ihr zu. „Das war doch nur eine kurze Kostprobe. Vielleicht bekomme ich später eine längere?"

Sie hob die Hand und zeichnete mit ihrem Zeigefinger seine Unterlippe nach. „Bist du echt?"

„So echt wie's nur geht."

Bevor sich sein Gewissen einschalten konnte, nahm er ihre Lippen für einen harten Kuss und versuchte, sich selbst zu beweisen, dass er mit Michelle Liebe machte, weil er von ihr angezogen war und nicht, weil er herausfinden musste, was sie wusste. Und warum sollte er sich auch nicht zu ihr hingezogen fühlen? Sie war schön, sexy und voller Lebenslust. Und sie fühlte sich in seinen Armen so gut an. Es war schon eine Weile her, dass er sich so gefühlt hatte. Dass er gefühlt hatte, sich dem körperlichen Vergnügen hingeben zu können, ohne über seine Schulter schauen zu müssen, um zu sehen, wer hinter ihm her war.

Die Art und Weise, wie Michelle auf ihn reagierte, ließ alles Männliche in ihm zum Leben erwachen. In ihren Armen war er nur ein Mann, nicht der Ex-CIA-Agent, der zukünftige Ereignisse sehen konnte, nicht der Mann, der töten würde, um sein Leben und das seiner Kameraden zu retten. Nein, in Michelles Armen war er nur ein Mann, der die Liebe einer Frau verspüren wollte, selbst wenn diese nur körperlich und vorübergehend war. Aber er brauchte das, brauchte die Verbindung seines Körpers zu ihrem. Damit er sich wieder lebendig fühlte und nicht wie das Gespenst, in das er sich verwandelt hatte.

Michelle schenkte ihm das, zeigte ihm, wie das Leben wieder sein würde, wenn er nur seine Feinde besiegen könnte. Mit ihrem aufreizenden Körper gab Michelle ihm, wonach er sich am meisten sehnte: einen Ort, an dem er sich sicher fühlte und willkommen war.

Immer härter nahm er sie und sein Drang nach Erleichterung wurde jetzt immer stärker. Er veränderte seine Position und achtete auf Zeichen von Michelle, um dafür zu sorgen, dass sie mit ihm zum Höhepunkt kommen würde.

Er ließ von ihren Lippen ab und hob seinen Kopf, um ihr in die Augen zu sehen. Unter halb geschlossenen Lidern hervor sah sie ihn an.

„Baby, du fühlst dich so gut an. So wunderbar." Sein Kiefer verkrampfte sich und er bemerkte, dass er unmittelbar vor seinem Orgasmus war. „Ich bin so nahe dran. Sag mir, was du brauchst."

Sie drängte sich ihm entgegen. „Härter."

Er kam ihrem Wunsch nach, zog seine Hüften zurück und stieß zu. Seine Halsmuskeln verkrampften sich beim Versuch, seine Selbstkontrolle zu behalten, während er seine Bewegung wiederholte.

„Ja!", schrie sie aus, bäumte sich vom Sofa auf und bot ihm ihre Brüste an.

Er nahm das Angebot an und beugte sich über sie, sog einen harten Nippel in seinen Mund und umschloss ihn mit seinen Lippen. Unter ihm erbebte Michelle und ihre inneren Muskeln klammerten sich fester um ihn und sperrten seinen Schwanz in ihrem warmen Kanal ein.

Ein Schauer lief durch seinen gesamten Körper, und Adrenalinpfeile schossen in seine Hoden und sandten heißen Samen durch seinen Schwanz. Er explodierte und schloss sich ihrem Höhepunkt an. Dann bewegte er sich langsamer, während sie beide von ihrem Hoch herunterkamen. Er schwebte ohne jegliche Gedanken, ohne Sorgen ...

Schwer atmend sank er auf sie. Seine Knie schlotterten von der Intensität seines

Orgasmus und sein Herz donnerte wie ein Schnellzug. Sein Arm und seine Seite schmerzten nun wieder.

Michelle stieß einen Atemzug aus. „Wow."

„Ja, wow", antwortete Nick.

8

Nick drückte einen Kuss in Michelles Haar. Er lag auf der Couch und hatte sie auf sich gezogen, um sie nicht mit seinem Gewicht zu zerquetschen. Er mochte das Gefühl ihres warmen Körpers, wie sie so auf ihm lag, entspannt und gleichmäßig atmend.

„Schläfst du?", fragte er schmunzelnd.

„Mmm."

„Ich muss dich wohl sehr gelangweilt haben."

Sie hob ihren Kopf und lächelte ihn an. „Du hast mich schlapp gemacht und das weißt du auch ganz genau." Sie legte ihre Wange wieder zurück auf seine Brust.

Es gefiel ihm, wie einfach es war, mit ihr zu reden. Wäre er nicht auf der Flucht, hätte er gerne eine Freundin wie Michelle, möglicherweise sogar eine noch ernstere Beziehung.

„Ich glaube es ist umgekehrt. *Du* hast *mich* schlapp gemacht."

Sie lachte leise, ihr Atem geisterte dabei über seinen Nippel und zu seiner eigenen Überraschung wurde dieser sofort hart. Verdammt, er wollte noch mehr. Sie nur einmal zu nehmen war nicht genug.

„Beschwerst du dich etwa?", fragte sie.

Er gab ihr einen gutmütigen Klaps auf den Po. „Keine Beschwerde. Nur eine Beobachtung."

Sie rutschte auf ihm herum und er hielt ihren Hintern mit beiden Händen fest, um sie davon abzuhalten, sich an seinem Schwanz zu reiben.

„Mach nur weiter so und ich werde dich über den Sessel beugen müssen, um dir

Manieren beizubringen", warnte er sie und drückte ihr noch einen Kuss auf ihren Kopf.

Sie sah hoch und lachte. „Wer sagt denn, dass ich keine Manieren habe? Habe ich mich denn nicht wie eine gute kleine Krankenschwester um deine Verletzungen gekümmert?"

Nick zog einen Mundwinkel zu einem Grinsen hoch. „Wohl eher wie eine freche Verführerin, die ihre Beute in ihre Höhle lockt, um sie dort zu verschlingen. Wo ich doch nur ein unschuldiger Typ aus Indiana bin. Gegen erfahrene Frauen aus der Großstadt kann ich mich nicht verteidigen."

„Das glaubst du doch nicht einmal selbst. Wie ein Unschuldiger kommst du mir nicht vor. Und ich war nicht diejenige, die hier jemanden verführt hat. Ich erinnere mich deutlich, dass du den Kuss gefordert hattest."

„Das ist wahr, aber ich hatte ja keine Ahnung, dass du deinen heißen Körper an mir reiben würdest, sodass ich jegliche Selbstbeherrschung verliere. Und dabei hatte ich doch nur geplant, dich auf eine Tasse Kaffee einzuladen, damit wir uns besser kennenlernen können." Er sah auf seine Uhr. „Sieht aus, als wäre es dafür jetzt zu spät. Es ist schon Zeit zum Abendessen."

„Du wolltest mich wirklich auf ein Date einladen?"

„Ja sicher." Er hob seine Hand an und machte eine allumfassende Bewegung. „Ich glaube, ich fange die Sache falsch an. Normalerweise kommt Sex nach dem Abendessen." Er kämmte mit der Hand durch ihr Haar und genoss das seidige Gefühl. „Allerdings würde ich dich jetzt gerne zum Abendessen einladen, wenn dir das nichts ausmacht."

Sie sah ihn mit großen Augen an. „Obwohl du doch schon bekommen hast, was du wolltest?"

„Wer sagt denn, dass ich schon habe, was ich will?" Er zwinkerte ihr zu.

„Normalerweise verschwinden die Männer immer, nachdem sie eine Frau ins Bett bekommen haben."

„So wie ich die Sache sehe, sind wir nicht in einem Bett." Er klopfte auf das Sofakissen. „Ich glaube, das hier ist eine Couch. Und wer sagt denn, dass ich nur Sex will? Wenn du das glaubst, dann wertest du dich aber nicht hoch."

Er sah tief in ihre blauen Augen und spürte, wie sein Herz anfing, unkontrolliert zu schlagen. Er log sie nicht an. Sie hatte dem richtigen Mann viel zu bieten. Leider war er nicht dieser Mann, obgleich er sich fragte, ob er der richtige sein könnte, wenn die Umstände anders lägen.

„Du kannst wirklich deinen Charme aufdrehen", sagte Michelle.

„Ich tue mein Bestes." Dann gab er ihr noch einen Klaps auf ihren Hintern. „Also, wie sieht es jetzt mit einem Date zum Abendessen aus oder wolltest du mich nur für Sex benutzen und mich dann hinauswerfen?"

Viel zu lange sah sie ihn an und überdachte ihre Antwort. Er bewegte sich unter ihr und sein Puls schlug schneller. Was ging nur im Augenblick in ihr vor? Das Beste war, den Stier bei den Hörnern zu packen und die Sache in die richtigen Bahnen zu lenken.

„Um Gottes willen, über die Antwort musst du wirklich nachdenken!? Du weißt, wie du einem Mann Minderwertigkeitskomplexe bescheren kannst." Er brachte sich in eine sitzende Position und lachte, als Michelle anfing zu kichern.

„Tut mir leid, ich konnte nicht widerstehen. Ich liebe es, wenn ein Kerl ganz nervös und unsicher wird."

Nick gab ihr einen Kuss auf die Nase. „Du bist eine sonderbare Frau, Michelle."

Sie öffnete ihren Mund um zu protestieren, aber er legte seinen Finger auf ihre Lippen und stoppte sie.

„Nur gut, dass ich einen sonderbaren Geschmack habe."

Als ihre Augen weich wurden und ihre Lippen sich nach oben bogen, wusste er, dass er gewonnen hatte.

„Habe ich Zeit, mich vor dem Abendessen noch zu duschen?", fragte sie.

„Nimm dir so viel Zeit, wie du brauchst."

Sie erhob sich. Er kam nicht umhin, seine Augen über ihren Körper schweifen zu lassen und ihre festen Brüste, ihre schlanke Taille, ihre weichen Hüften, ihre langen Beine und alles dazwischen zu bewundern. Als sie sich umdrehte und ihm eine wunderbare Sicht auf ihren schönen Po gab, stöhnte er und wünschte sich, er könnte mit ihr duschen gehen, aber er hatte Wichtigeres zu tun.

„Macht es dir etwas aus, wenn ich den Fernseher einschalte, während du duschst?", fragte er.

Michelle schaute über ihre Schulter und zeigte auf den Wohnzimmertisch. „Wenn du herausfinden kannst, wie die Fernbedienung funktioniert, dann bediene dich ruhig."

Nick griff nach dem schwarzen Gerät und schenkte ihr einen gespielt empörten Blick. „Ich bin ein Mann. Wir haben Fernbedienungen erfunden."

Kopfschüttelnd verschwand Michelle im Flur. Kurze Zeit später hörte er das Wasser in der Dusche laufen.

Nick sprang auf, stellte den Fernseher an und drehte die Lautstärke auf, ohne überhaupt zu schauen, auf welchem Kanal er eingeschaltet war. Er las seine Kleidung auf und zog sich innerhalb von fünfzehn Sekunden an. Jetzt war er bereit.

Er scannte schnell das Wohnzimmer, doch wusste er instinktiv, dass er hier nichts von

Bedeutung finden würde. Dennoch unternahm er eine flüchtige Durchsuchung der wenigen Schubläden und Oberflächen. Er fand nichts. Er würde in Michelles Schlafzimmer suchen müssen. Die Tür war gegenüber der des Badezimmers, die Michelle glücklicherweise geschlossen hatte. Nick drückte nun die Tür zum Schlafzimmer auf und trat ein.

Dort gab es nicht viel: ein Doppelbett, eine Kommode, zwei Nachttische und ein paar Schachteln, die entlang einer Wand aufgestapelt waren. Der eingebaute Wandschrank war klein und mit Kleidung vollgestopft. Keinerlei Dateien oder elektronische Geräte waren darin zu finden. Ununterbrochen lauschte er auf die Laute aus dem Badezimmer, während er seine Suche fortsetzte und einen Schub des Nachtkästchens öffnete. Er war voll mit Unterwäsche. Er durchstöberte die Schublade, doch nichts anderes war darin versteckt.

Er umrundete das Bett und durchsuchte den zweiten Nachttisch. Ein paar Kondome begrüßten ihn, zusammen mit Taschentüchern und Gleitmittel. Nick grinste unwillkürlich. Gut zu wissen, dass Michelle noch mehr Kondome hatte, nur für den Fall, dass sie all die verbrauchten, die er mitgebracht hatte.

Eine schnelle Durchsuchung der Schachteln führte zu nichts: Nur Bücher und alte Fotos waren darin verborgen. Er sah auf seine Uhr. Michelle hatte das Badezimmer drei Minuten zuvor betreten. Er hatte genug Zeit, den Rest der Wohnung zu durchsuchen. Er verließ das Schlafzimmer und betrat den Flur. Unter dem Tischchen im Flur lag ihre Laptoptasche. Er ging in die Hocke und öffnete sie, wobei er einen flüchtigen Blick zur Badezimmertür warf und lauschte. Das Wasser lief immer noch.

Die Tasche enthielt einen Laptop, einige Kabel sowie Notizblöcke, Stifte und die Garantiekarte für die Tasche. Er zog den Laptop aus seinem Fach und klappte ihn auf. Obwohl er ziemlich sicher war, dass Michelle ihren Computer nicht ungeschützt lassen würde, musste er herausfinden, ob dieser aus einem glücklichen Zufall heraus doch nicht passwortgeschützt war.

Er fuhr ihn hoch, trommelte ungeduldig mit den Fingern auf seinen Oberschenkel und wartete, dass das Zeitrad aufhörte, sich zu drehen. Als der Bildschirm sich mit Farbe füllte und ihn mit dem Login-Display begrüßte, war er nicht überrascht. Das wäre zu einfach gewesen. Er fuhr das Notebook wieder herunter und legte es beiseite, um weiter zu suchen. Etwas musste es doch geben.

Der Notizblock enthielt auch nichts Interessantes. Abgesehen von etwas Gekritzeltem, das wie eine Einkaufsliste aussah, fand er nichts. In dem Moment, als der Computer ganz abgeschaltet war, schob er ihn zurück in die Tasche. Irgendetwas spießte sich und er zog ihn wieder heraus und sah nach. Er fand ein kleines Stück Pappe ganz unten im Fach und sah es sich an. Es war eine Werksgarantie für einen Speicherstick.

Aber wo war dieser?

Er schob den Computer zurück in die Tasche und schloss sie. Dann stand Nick auf. Sein Blick fiel auf den Tisch, auf den Michelle ihre Schlüssel geworfen hatte, nachdem sie die Wohnung betreten hatten. Er hob den Schlüsselring hoch. Daran baumelte neben ein paar Schlüsseln auch ein USB-Stick.

„Hab dich", raunte er.

Das plötzliche Echo seiner Stimme rüttelte ihn auf. Sofort stellte er fest, dass das Wasser nicht mehr lief. Michelle war mit ihrer Dusche fertig. Er hatte noch nie eine Frau getroffen, die so schnell war.

Scheiße!

9

Michelle wickelte ein großes Badetuch um ihren immer noch feuchten Körper und steckte es fest. Ihr Haar war noch nass, aber sie hatte es gekämmt. In der Hitze in D.C. würde es in kürzester Zeit von selbst trocknen. Mit einem letzten flüchtigen Blick in den Spiegel drehte sie am Knauf und öffnete die Tür.

Sie fand Nick – voll bekleidet – auf der Couch sitzend vor. Er sah fern und wandte seinen Kopf zu ihr.

„Hey", grüßte er sie mit einem Lächeln.

„Ich bin fast fertig", kündigte sie an. Ihr Blick fiel auf den Fernseher und sie musste gleich noch einmal hinsehen. „Du schaust dir den Liebesfilm-Kanal an?" Was für ein Kerl machte denn so etwas? War Nick tief drinnen ein richtiger Romantiker, mit dem sie sich herzerweichende Liebesfilme im Fernsehen ansehen konnte? Das war zu schön, um wahr zu sein.

Nick griff hastig nach der Fernbedienung. „Äh, nein, ich habe nur herumgeschaltet, um einen Sportkanal zu finden." Er drückte auf einen Knopf und das Programm änderte sich. Dann schaltete er weiter, als wollte er ihr beweisen, dass er die Wahrheit sagte.

Michelle kicherte. „Natürlich machst du das." Sie wandte sich zum Schlafzimmer.

„Mache ich auch!", rief er ihr nach. „Ich suche nach einer Sportsendung."

Sie antwortete nicht, ging in ihr Schlafzimmer und schloss die Tür hinter sich. Sie lächelte in sich hinein, als sie das Badetuch auf das Bett fallen ließ und ihren Wandschrank durchstöberte, um etwas Passendes zum Anziehen zu finden. Sie musste zugeben, dass Nick ungewöhnlich war. Als sie Liebe gemacht hatten, war er intensiv und fordernd gewesen, doch gleichzeitig ein rücksichtsvoller Liebhaber, der nicht nur dafür sorgte, dass er ihre Bedürfnisse stillte, sondern auch wirklich darauf erpicht war, dass er sie befriedigte. Und das hatte er getan. Sie befriedigt. Unermesslich.

Aber wenn sie keinen Sex hatten, war Nick anders: sanft, süß, fast schüchtern. Und er schien verlegen, war beinahe errötet, als sie ihn dabei ertappt hatte, einen Liebesfilm im Fernsehen anzusehen, als wollte er diese sanftere Seite von sich nicht zeigen. Eine Seite, die sie wirklich mochte.

Michelle schlüpfte in ein dünnes Sommerkleid und nahm eine dazu passende Wolljacke vom Aufhänger. Sie wählte Stöckelschuhe, da sie sich heute Abend sexy fühlen wollte. Sie betrachtete sich in dem hohen Spiegel in der Wandschranktür und wirbelte um ihre eigene Achse. Sie sah passabel aus.

Sie holte tief Luft, verließ das Schlafzimmer und ging zurück ins Wohnzimmer. Der Fernseher war ausgeschaltet und Nick saß nicht mehr auf der

Couch. Sie drehte sich herum. War er ohne sie gegangen?

„Nick?"

Schritte kamen aus der Küche und sie fuhr herum. Er ging auf sie zu und deutete mit dem Daumen über seine Schulter.

„Ich hoffe, es macht dir nichts aus, dass ich mir ein Wasser genommen habe."

Erleichtert atmete sie aus. „Natürlich nicht. Es tut mir leid, ich hätte dir schon vorher etwas zu trinken anbieten sollen. Ich bin eine schlechte Gastgeberin."

Er kam näher und seine Augen verschlangen sie förmlich. „Oh, das würde ich nicht sagen. Du warst sehr willkommenheißend." Er schenkte ihr einen schwelenden Blick, der ihre Knie weich machte.

Nervös wischte sie ihre plötzlich feuchten Hände an ihrem Kleid ab.

„Du siehst wirklich hübsch aus", murmelte Nick und kam einen Schritt näher, bis sie Brust an Brust standen. Mit dem Zeigefinger hob er ihr Kinn an. „In der Tat absolut wunderschön." Sanft schenkte er ihren Lippen einen federleichten Kuss. „Jetzt machst du mich wirklich hungrig.“

Sie schluckte schwer und wusste, dass er nicht vom Essen sprach. Und plötzlich verlor sie das Interesse am Abendessen.

Zu ihrer Überraschung trat Nick zurück und nahm ihre Hand. „Lass uns zu unserem ersten Date gehen, ja?“

Fast enttäuscht, dass er sie nicht auf die nächste flache Ebene geworfen hatte, folgte sie ihm zur Tür. Er nahm den kleinen Rucksack, den er beim Betreten ihrer Wohnung dort abgestellt hatte, und öffnete die Tür. Michelle nahm ihren Schlüsselbund von dem Tischchen und schob ihn in ihre Handtasche, dann schlang sie diese diagonal über ihren Oberkörper, folgte Nick in den Gang hinaus und ließ die Tür hinter sich zufallen.

Schwüle Luft begrüßte sie, als sie nach draußen trat und neben Nick den Bürgersteig entlang ging. Obwohl es noch hell war und es noch ein paar Stunden lang so bleiben würde, sah sie Wolken den Himmel verdunkeln und konnte das kommende Gewitter beinahe riechen.

„Wohin gehen wir?", fragte sie und warf ihm einen Seitenblick zu.

Nick zeigte nach vorne. „Es ist nur drei Blocks entfernt. Kannst du mit den Schuhen so weit gehen oder sollen wir lieber ein Taxi nehmen?"

Seine Besorgnis berührte sie. „Ich kann gehen, keine Sorge."

„Gut." Er machte eine Pause. „Erzähl mir ein wenig über dich, Michelle. Ich bin neugierig; ich möchte mehr über dein Leben wissen. Stammst du aus D.C.?"

Zögernd, irgendetwas über sich selbst preiszugeben, meinte sie: „Was spielen wir hier? Ein Fragespiel?"

„Nein, aber wir *sind* bei unserem ersten Date und soweit ich mich erinnern kann, sprechen Leute beim ersten Date über ihre Herkunft, ihre Lieblingsfarbe und solche Sachen."

„Soweit du dich erinnerst?"

„Mein letztes Date ist schon eine Weile her", gab er zu und klang dabei so, als wäre ihm das peinlich.

„Wie lange schon?"

„Zu lange, da sich anscheinend in der Zwischenzeit die Regeln geändert haben."

„Die Regeln haben sich nicht geändert", gab sie zu. „Ich war in letzter Zeit auch nicht bei vielen Dates."

„Na, wir sind ein Pärchen, wie?" Er drückte ihre Hand und zog sie zu seinem Mund, um ihre Knöchel zu küssen. „Wie wär's, wenn ich dann das Eis zwischen uns breche?"

„Ich glaube, das haben wir vorher schon getan."

Nick lachte laut auf. „Du bist mir eine, Michelle. Es überrascht mich, dass dich noch kein Kerl geschnappt hat. Frauen wie du bleiben nicht lange alleine."

Sie zuckte mit den Schultern „Ich bin nicht wirklich die Art von Frau, die etwas Dauerhaftes sucht." Es war eine Lüge, die sie sich schon eine ganze Weile lang einredete. Ihr Leben war zu chaotisch, um überhaupt daran zu denken, sich zu binden.

„Mmm." Nick sah sie von der Seite an.

Um die peinliche Pause zu überbrücken, die sich zwischen ihnen entwickelte, fragte

Michelle beiläufig: „Was willst du mir also erzählen, um das Eis zu brechen?"

„Was ich beruflich mache. Doch falls dich das nicht interessiert, können wir auch über etwas anderes sprechen."

„Nein, nein, bitte. Erzähl mir von deiner Arbeit."

„Es klingt vermutlich langweilig. Vielleicht sollte ich lieber was erfinden."

Sie blieb stehen und wandte sich ihm zu. „Nein, tu das bitte nicht. So langweilig kann es nun auch wieder nicht sein. Außerdem musst du mich nicht mehr beeindrucken. Du hast mich ja schon ins Bett gekriegt, erinnerst du dich?"

„Wie könnte ich das vergessen?" Er zwinkerte ihr zu und nahm ihre Hand wieder, um weiterzugehen. „Ich arbeite mit Computern."

„Was genau?"

„Ich kreiere Webseiten für Leute. Weißt du, Kleinunternehmer hauptsächlich. Es ist keine schlechte Arbeit und ich bin gut."

„Das ist großartig. Arbeitest du für dich selbst?"

Er nickte. „Ja, Freiberufler. Das ist mir lieber, als für irgendeine Firma zu arbeiten und mich einem Chef gegenüber rechtfertigen zu müssen."

„Ja." Genauso wie sie sich Mr. Smith gegenüber rechtfertigen musste. Und sie hasste das, hasste es, erpresst zu werden.

„Und du? Was machst du?"

„Consulting", schoss sie zurück. „Aber ich will mich verändern."

Örtlich verändern und in ein anderes Land verschwinden, wo Mr. Smith sie nicht ausfindig machen könnte. Doch bis dahin musste sie sich an seine Regeln halten und seine Befehle ausführen.

10

Nick spürte, wie ihm der Speicherstick während des ganzen Abendessens in dem gemütlichen italienischen Restaurant, in das er Michelle geführt hatte, ein Loch in seine Hosentasche brannte. Irgendwie musste er eine Gelegenheit finden, dessen Inhalt anzusehen, zu kopieren und den Stick dann wieder an Michelles Schlüsselbund zu haken, bevor sie bemerkte, dass er fehlte. Was bedeutete, dass er weiterhin seinen Charme versprühen musste, damit Michelle ihn nach dem Abendessen zu sich nach Hause einlud.

Das würde ihm sicherlich nicht

schwerfallen. Es machte Spaß, mit Michelle zusammen zu sein. Sie hatte eine schnelle Auffassungsgabe und eine scharfe Zunge, einen guten Sinn für Humor und ein ansteckendes Lachen. Dennoch wuchs mit jedem Lachen, das sie teilten, mit jedem Blickkontakt, den sie austauschten, sein schlechtes Gewissen. Doch er hatte keine andere Wahl, als seine Täuschung fortzusetzen. Michelle könnte den Schlüssel zu den Informationen besitzen, die er benötigte; Informationen, die nicht nur sein Leben und das der anderen Stargate-Agenten retten könnte, sondern möglicherweise das von Tausenden, wenn nicht Millionen anderer Menschen. Er durfte seine eigenen Gefühle nicht dem Wohl so vieler überordnen.

Falls Michelle die Person war, die ihn daran zu hindern versuchte, auf die geheimen Server der CIA zuzugreifen, dann wusste sie etwas und könnte ihn zu demjenigen führen, der das Stargate-Programm zerstört und Henry Sheppard getötet hatte.

„Nachtisch?", fragte Nick nun und sah Michelle über den Tisch hinweg an.

Sie schüttelte ihre dunkelblonden Locken. „Ich bin pappsatt."

„Bist du sicher?"

„Absolut. Wie wär's, wenn wir von hier verschwinden?"

Er beugte sich über den Tisch und senkte seine Stimme zu einem verführerischen Murmeln. „Ich möchte nicht, dass der Abend schon vorbei ist."

Ihre Wimpern flatterten. „Das muss er auch nicht."

Bei ihren Worten raste ein Nervenkitzel durch sein Inneres und er riss seinen Kopf herum und suchte den Blick des Kellners. „Zahlen bitte."

Als dieser mit der Rechnung kam, zog Nick ein paar Geldscheine aus seinem Portemonnaie und legte sie auf das kleine Tablett.

„Zahlst du immer bar?", fragte Michelle.

„Mir wurde letzte Woche meine Kreditkarte gestohlen. Ich warte noch auf die Ersatzkarte, die mir die Bank schicken wollte", log er.

In Wirklichkeit benutzte er keine Kreditkarten, wenn er es vermeiden konnte.

Bargeld war viel härter zu verfolgen und sicherer, wenn man unter dem Radar bleiben wollte.

„Bist du soweit?", fragte er Michelle, stand auf und bot ihr seine Hand an, um ihr beim Aufstehen behilflich zu sein.

„Ja."

Auf dem Weg zum Ausgang musterte Nick das Schild zu den Toiletten. Er musste jetzt handeln oder die Sache würde später riskant für ihn werden. Er blieb stehen.

„Macht es dir etwas aus, wenn ich schnell hier zur Toilette gehe?"

„Nein, geh nur. Ich sollte auch gehen."

Nick ging zur Herrentoilette und besetzte dort das erste Abteil. Er setzte sich auf den Toilettendeckel, zog den Laptop aus seinem Rucksack und ließ ihn hochfahren, während er den Speicherstick aus seiner Hosentasche zog. Er entriegelte den Computer mit seinem Passwort, schob den Memorystick in den USB-Anschluss und kopierte dessen gesamten Inhalt auf seine Festplatte. Ihm blieb keine Zeit, nachzusehen, was er kopiert hatte, er fuhr nicht einmal den Computer richtig herunter, sondern zog einfach den Stick heraus und klappte den Deckel zu.

Einige Sekunden später verließ er das Abteil.

Michelle wartete bereits im Flur auf ihn. Sie lächelte. „Ich war schneller."

Nick schüttelte ungläubig den Kopf. „Du kannst einem Kerl wirklich Komplexe bescheren, weißt du das?" Er legte seinen Arm um ihre Taille und führte sie zum Ausgang.

Eine Restaurant-Angestellte öffnete die Tür für sie. „Vielen Dank für Ihren Besuch."

„Gute Nacht", antwortete Nick und setzte gerade in dem Moment seinen Fuß auf die Straße, als ein Blitz den Himmel erhellte. Nur eine Sekunde später erklang ein ohrenbetäubendes Donnern von oben und die Wolken öffneten sich und sandten erbsengroße Regentropfen über sie.

„Verdammt!", fluchte Michelle und blieb unter der Markise vor dem Restaurant stehen.

Nick musterte ihr dünnes Sommerkleid, das höchstwahrscheinlich sofort transparent werden würde, sobald sie vom Regen durchnässt würde. Und obwohl er nichts gegen so einen Anblick hatte, war er sich sicher, dass sie nicht erfreut darüber wäre.

„Wir sollten lieber ein Taxi rufen.“

„Du hast offensichtlich noch nie versucht, während eines Wolkenbruchs in Washington ein Taxi zu bekommen.“ Sie schüttelte den Kopf. „Wir würden hier die ganze Nacht stehen. Ich bin dafür, dass wir laufen.“

Er betrachtete sie mit neugewonnener Bewunderung angesichts ihrer nüchternen Einstellung. „Bist du sicher?“

„Bist du ein Feigling?“

„Nein, nur ein Gentleman.“ Er grinste und nahm ihre Hand. „Aber da du offensichtlich für die Manieren eines Gentlemans nichts übrig hast, unterwerfe ich mich deinen Wünschen.“

Michelle zwinkerte ihm zu. „Unterwerfen, wie?“

Er verdrehte die Augen. „Komm nur nicht auf falsche Ideen!“

Er zog sie mit sich und sie rannten aus der schützenden Überdachung hervor und den Bürgersteig entlang. Sofort wurden sie von oben bis unten begossen, als wären sie in eine Dusche getreten, und die vorbeifahrenden

Autos, die sie von der Seite bespritzten, taten ein Übriges. Es gab kein Entrinnen.

Glücklicherweise wusste Nick, dass sein Computer in einem wasser- und stoßsicheren Fach in seinem Rucksack gut geschützt war.

Es dauerte nicht mehr als vier Minuten, um vom Restaurant bis zu Michelles Wohnung zu laufen. Als Michelle vor dem Eingang des Wohngebäudes ihre Schlüssel aus ihrer Handtasche nahm, streckte ihr Nick seine Hand entgegen und nahm sie ihr ab.

„Erlauben Sie, Milady!", sagte er gekünstelt und verbeugte sich, um sie abzulenken.

„Spielst du jetzt den edlen Ritter?"

Er drehte sich zur Tür und kehrte Michelle seinen Rücken zu. Schließlich sollte sie nicht sehen, was er tat. „Ritter in glänzender Rüstung", scherzte er, um sich mehr Zeit dafür zu erschleichen, den Speicherstick wieder an den Schlüsselbund zu haken. Einen Augenblick später drehte er den Schlüssel im Schloss und öffnete die Tür.

Michelle eilte hinein und er folgte ihr und schüttelte sich dabei wie ein nasser Hund, während die Tür hinter ihm ins Schloss fiel.

Michelle war schon dabei, die Treppe hinaufzulaufen, um schnell in ihre Wohnung zu gelangen, und er eilte ihr nach. Ihr nasses Kleid zeigte jede Kurve ihres Körpers und haftete wie eine zweite Haut an ihr. Er konnte sehen, dass sie darunter nur einen Tanga trug, keinen BH. Der Anblick machte ihn binnen Sekunden hart.

An der Tür zu ihrer Wohnung angekommen zog Nick Michelle in seine Arme, unfähig seine Begierde nach ihr noch einen Moment länger zu zügeln.

„Weißt du, dass du gerade ausgesprochen sexy aussiehst?"

„Ich sehe aus wie eine gebadete Maus", widersprach sie und lachte.

„Wie eine sehr sexy gebadete Maus", lenkte er ein, drückte sie an die Tür und nahm ihren heißen Mund gefangen. Ihre Lippen öffneten sich sofort und sie erlaubte ihm, sie ohne Zurückhaltung zu küssen. Die Lust kochte in ihm hoch. Doch er sammelte all seine verbliebene Selbstbeherrschung zusammen und löste sich schwer atmend von ihr.

„Wir sollten reingehen, bevor wir deinen

Nachbarn eine Show bieten, die sie so schnell nicht wieder vergessen würden." Hinter ihrem Rücken steckte er den Schlüssel ins Schloss.

„Du hast einen schlechten Einfluss auf mich", sagte Michelle, doch der Glanz in ihren Augen verriet ihm, dass sie das nicht wirklich als etwas Schlechtes ansah.

Nick drückte die Tür auf und schubste sie sachte hinein. Er warf die Schlüssel auf das Tischchen, trat die Tür mit dem Fuß zu und stellte seinen Rucksack ab. Dann drängte er sie an die Wand neben dem Bad.

„Ja, ein wirklich schlechter Einfluss", murmelte er und drückte seine Lippen auf ihre.

11

Ihre Kleidung klebte an ihr und Michelle wusste, dass sie schrecklich aussah, aber das war nicht von Bedeutung, denn Nick ließ sie sich schön fühlen. Sein Mund war auf ihrem, seine Hände eifrig damit beschäftigt, sie aus ihrer nassen Kleidung zu schälen, und sein Unterleib rieb in einem drängenden Rhythmus an sie, der sein Vorhaben absolut eindeutig machte.

Mit zitternden Händen zerrte sie an seinem Hemd und schob es hoch, sodass sie seine nackte Haut fühlen und streicheln konnte. Er schauderte unter ihrer Berührung und das Wissen, dass sie diesen Mann auf die Knie zwingen konnte, erregte sie.

Einen kurzen Augenblick lang ließ Nick von ihren Lippen ab, zog sein Hemd über den Kopf und stellte seinen muskulösen Oberkörper zur Schau. Die hochkochende Erregung sandte heiße Blitze in ihr Geschlecht. Nicks Hände wanderten zu ihrem Rücken, öffneten ihr Kleid und schoben den Stoff zu ihrer Taille hinunter. Noch ein Ruck und das Kleid glitt über ihre Hüften und landete zu ihren Füßen.

Sie trug keinen BH und ihre harten Nippel waren seinem Blick wehrlos ausgesetzt. Seine Augen schmolzen dahin. Er starrte sie an, während seine Hände bereits nach ihren Brüsten griffen und sie berührten; seine Fingerknöchel strichen über ihre feuchte Haut und sandten wohlige Schauer durch ihren Körper.

„Verdammt, Baby!"

Dann war sein Mund wieder auf ihrem, seine Hände kneteten ihre Brüste und neckten ihre Nippel, und weiter unten spürte sie seine

Erektion, die unmissverständlich gegen sie rieb. Doch zu viel Stoff trennte sie noch. Sie wollte keine Barriere mehr zwischen ihnen. Sie brauchte Hautkontakt, musste ihn so nahe wie nur menschenmöglich spüren.

Also drückte sie ihn zurück, damit sie den Knopf seiner Hose erreichen konnte, öffnete ihn und machte sich dann an den Reißverschluss.

„Verflucht, Michelle", zischte er, als sie seine Hose und Pants zu seinen Schenkeln hinunter schob und damit seinen eifrigen Schwanz befreite. „Ich werde nicht lange aushalten."

„Das ist mir egal."

Sie schob seine Hose weiter nach unten bis zu den Knöcheln und folgte in diese Richtung, bis ihr Kopf auf gleicher Höhe wie sein Schwanz war. Oh Gott, war er schön. Vollgepumpt mit Blut schlängelten sich starke Adern an seiner Erektion entlang und verlangten nach ihrer Aufmerksamkeit. Begierig legte sie ihre Hand um die Wurzel und packte fest zu, damit er ihr nicht entkommen konnte.

Nick stöhnte. Sie schaute zu ihm auf und sah, wie er sich mit beiden Händen an der Wand abstützte und sie mit seinen Augen festnagelte.

„Wenn du das wirklich machen willst", sagte er heiser, „dann mach lieber schnell, solange ich noch einen Funken Selbstbeherrschung übrig habe."

Seine hervortretenden Halsmuskeln verrieten ihr, dass es nicht mehr lange dauern würde, bis er diese verlor. Bereits jetzt schien Nick wie Butter in ihrer Hand zu sein – steinharte Butter. Sie mochte dieses Gefühl. Tatsächlich liebte sie die Macht, die er ihr damit gab. Die Macht, sich einen Mann untergeben zu machen.

„Mmm." Michelle leckte mit ihrer Zunge über den purpurroten Kopf seines prachtvollen Schwanzes und kostete von der Feuchtigkeit, die sich dort angesammelt hatte. Der salzige Geschmack verbreitete sich in ihrem Mund und machte sie hungrig auf mehr.

Nick stieß ein Stöhnen aus, während seine Hüften einen Ruck in ihre Richtung machten. „Ich muss ... Ich brauche ..."

Sie wusste, was er brauchte und sie gab es ihm. Ihre Lippen legten sich um die Spitze seiner Erektion. Langsam fuhr sie mit ihrer Zunge entlang der Unterseite seines Schwanzes und nahm ihn so tief in ihren Mund, wie sie konnte.

Ein lautes Stöhnen hallte von den Wänden des kleinen Flurs wider.

Michelle ließ seinen Schwanz langsam aus ihrem Mund gleiten, bevor sie ihn wieder ganz aufnahm. Ihre Hand hielt ihn weiterhin an seiner Wurzel und bewegte sich synchron zu ihrem Mund auf und ab. Mit jedem Mal erhöhte sie die Geschwindigkeit und den Druck. Nicks Hüften bewegten sich in die entgegengesetzte Richtung und sein Schwanz stieß in ihren Mund, wann immer sie ihn tiefer nahm.

„Verdammt! Michelle!", rief er aus und warf seinen Kopf zurück. „Du musst aufhören."

Aber trotz seines Flehens ließ Nick nicht nach, seinen Schwanz weiterhin ungestüm in sie zu stoßen. Begeistert leckte sie ihn und saugte an ihm, bewegte ihre Hand an seiner langen Erektion auf und ab, um das zu nehmen, was er bereit war, ihr zu geben, bis er plötzlich zurückwich.

Ihr Blick schoss zu ihm hoch und sie sah ihn keuchen. „Ich brauche ein Kondom. Jetzt sofort!" Er zog sie hoch. „Hast du eins?"

Sie deutete zur Badezimmertür. Bevor er sich bewegen konnte – da ihn die Hose um seine Knöchel herum behinderte – war sie bereits im Bad und durchstöberte eine Schublade. Als sie sich mit dem Kondom in der Hand umdrehte, war er schon hinter ihr, jetzt völlig nackt.

Er nahm ihr das Kondom aus der Hand, riss die Packung mit seinen Zähnen auf und rollte den Latex über seinen Schwanz. Dabei schloss er kurz seine Augen und sein Kiefer verkrampfte sich. Dann sah er sie durchdringlich an.

„Dreh dich um", befahl er rau und deutete zum Waschbecken.

Sie tat es, ohne zu protestieren. Seine Hände waren einen Augenblick später auf ihr und er beugte sie über das Waschbecken.

Michelle hob ihren Kopf an und sah im

Spiegel, wie er seine Augen voller Leidenschaft über ihren Hintern schweifen ließ. Mit stockendem Atem hakte er seine Daumen in den Bund ihres Tangas und zog ihn zu ihren Schenkeln hinunter.

Dann trafen sich ihre Blicke im Spiegel.

Sie spürte seine Schwanzspitze an ihrem feuchten Eingang, wie er ihre Schamlippen teilte. Sein Kiefer verkrampfte sich, bevor er hart in sie eindrang und bis zu seinen Hoden in sie eintauchte.

Michelle schauderte bei der Wucht des Stoßes, doch Nicks Hände hielten ihre Hüften so fest, dass sie trotz seiner kraftvollen Bewegung nicht gegen das Waschbecken schlug.

„Siehst du, was du mit mir anstellst?", raunte er und wich zurück, nur um wieder mit voller Kraft in sie hineinzustoßen.

„Ich dachte, es hat dir gefallen", neckte sie ihn, wobei sie das Wissen, dass sie ihn wild machte, liebte. Sie mochte diese Seite an ihm, genauso wie sie auch seine ruhigere Seite, die des jungen Mannes von nebenan, mochte.

„Ich liebe es", bekannte er und traf ihren Blick im Spiegel. „Viel zu sehr. Deshalb musst du jetzt den Preis dafür zahlen, Baby."

Es war ein Preis, den sie gerne zahlte. Sie liebte die Art und Weise, wie er sie nahm, wie ein Mann, der wusste, was er wollte und ein Nein nicht als Antwort akzeptierte. Wie ein Mann, der es gewohnt war, dass seine Befehle befolgt wurden. Sein schroffer Befehl, sich umzudrehen, hatte sie in keiner Weise gestört. Im Gegenteil, er hatte sie erregt. Dominiert zu werden, erweckte die wilde und ursprüngliche Weiblichkeit in ihr.

„Ja, nimm mich!", rief sie aus und es kümmerte sie nicht, falls sie das verzweifelt oder gefügig klingen ließ. Denn das war es, was sie wollte – von ihm genommen zu werden, zu spüren, wie er seinen Schwanz in sie stieß, bis sich keiner von ihnen mehr würde bewegen können.

„Ja, ich nehme dich", versprach er und seine Hand verließ ihre Hüfte und wanderte nach vorne.

Ein feuchter Finger auf ihrer Klitoris

brachte sie vor Lust zum Keuchen. Sein heißer Atem an ihrem Ohr erregte sie, und das, was er ihr zuflüsterte, ließ sie voller Erwartung ihre Augen schließen.

„Ich ficke dich, bis du kommst und dann mache ich es noch mal und noch mal und noch mal. Willst du das, Michelle, willst du, dass sich dich so nehme?"

„Ja", brachte sie mit ersticktem Atem hervor. „Oh Gott, ja!"

Sie verlor ihre Fähigkeit, einen zusammenhängenden Gedanken zu fassen. Alles, was sie spürte, war Nicks Schwanz, der von hinten in sie hinein und wieder heraus glitt, und seine Finger, die ihre Klitoris streichelten, als wäre sie ein Instrument, dem er einen Ton entlocken wollte.

Als dieser Ton schließlich kam, war es ein erleichterter Aufschrei, der von ihren Lippen barst, während ihr Körper unter der Wucht ihres Orgasmus schauderte. Kurz bevor sie zusammenbrach, spürte sie, wie Nicks Schwanz in ihr zuckte und ein lautes Stöhnen seinen Höhepunkt begleitete.

Es begann immer damit, dass ihm jemand ein großes Glas Eistee reichte. Dieses Mal war es nicht anders. Er konnte die Hand sehen, die um das einladende Getränk lag, doch die Person, der diese Hand gehörte, war außerhalb seines Blickfeldes.

Nick versuchte, seinen Kopf dazu zu zwingen, sich dieses Mal zu drehen, doch sein Körper gehorchte ihm nicht. Er sah nur die kühle Flüssigkeit, die er so verzweifelt benötigte, und griff nach ihr.

Trink es nicht!, versuchte er sich zuzuschreien. Aber kein Laut kam über seine Lippen.

Stattdessen hob er das Glas zu seinem Mund und schüttete sich den Eistee in die Kehle, bis nur noch Eiswürfel im Glas waren. Für einen Augenblick schloss er seine Augen und genoss das kühlende Gefühl, doch es war nur vorübergehend.

Er wusste, wo er war und doch nicht. Die Terrasse eines großen Hauses. Jenseits davon ein Garten. Dann das Ufer. Wellen, die sich an dem schmalen Streifen Sandstrand brachen. Vielleicht ein Ozean? Oder ein großer See?

Er starrte hinaus auf das Wasser und die kleinen Wellen auf der Oberfläche.

Trotz des Sonnenscheins und des reichlichen Windes, das ihre Segel füllte und sie vorwärts trieb, waren nur fünf Segelboote auf dem Wasser. Warum nur fünf, wo doch der ganze See damit voll sein sollte? Wo doch die Häuser links und rechts alle Bootsstege mit Segelbooten und Jachten hatten, die geradezu darauf warteten, aufs Wasser hinausgenommen zu werden. Darauf warteten, dass mit ihnen gespielt wurde.

Wussten deren Besitzer, was Nick wusste? Spürten sie das bevorstehende Unheil ebenfalls? Waren sie bereits geflohen, da sie wussten, dass es zu spät war, es abzuwenden?

„Bitte tun Sie es nicht", bat Nick.

Hinter ihm antwortete eine Stimme: „Es ist schon eingeleitet."

Aber das konnte er nicht akzeptieren. Er musste etwas tun, um es zu verhindern.

Sein Laptop stand auf dem Holztisch, einige Fenster auf dem Bildschirm waren geöffnet. Der grüne Computercode scrollte so schnell in einem schwarzen Fenster vorbei, dass es aussah, als regnete es Zahlen und Buchstaben.

Vor seinen Augen verschwamm alles und er versuchte, sie zu fokussieren, versuchte, einen Sinn in all dem zu finden. Aber sein Blick schweifte ab zu einem anderen Fenster, zu dem, wo eine Kamera auf ein großes Betongebäude gerichtet war. Der Winkel war so eng, dass er nicht ausmachen konnte, wo sich das Gebäude befand. Es hätte mitten in einer Stadt stehen können oder in einer Wüste und Nick hätte es nicht gewusst.

In einem dritten Fenster zählte eine Uhr rückwärts.

Abbrechen. Seine Lippen bildeten das Wort automatisch. Er musste es stoppen. Retten, was noch zu retten war.

Aus dem Augenwinkel bemerkte er die weißen Segel, die an ihm vorbeiflogen. Er wirbelte seinen Kopf in deren Richtung und sah, wie sie gegen den zunehmenden Wind kämpften. Aber er wusste, dass, wenn er den Countdown nicht stoppte, sie gegen etwas weitaus Stärkeres als den Wind ankämpfen müssten. Und verlieren würden.

„Abbrechen", flüsterte er und hob seine Hände zur Tastatur, doch bemerkte er plötzlich, wie schwer sie geworden waren, als wären sie mit Blei gefüllt. Wie Ziegelsteine landeten sie auf der Tastatur und erzeugten eine Reihe von Kauderwelsch in dem scrollenden Code.

Er versuchte, seinen kleinen Finger dazu zu bringen, auf den Escape-Knopf zu drücken, um das Geschriebene zu löschen, aber sein Finger bewegte sich nicht, führte den Auftrag seines Gehirns nicht aus.

Tu es, verflucht noch mal!, wollte Nick schreien, aber seine Zunge fühlte sich pelzig und träge an.

Er starrte auf seine Hände, kaum fähig, sich jetzt darauf zu konzentrieren. Sie sahen aus wie eingefroren, wie gelähmt.

Sein Herz fing an, wie verrückt zu pochen. Immer wieder versuchte er, seine Finger zu bewegen, scheiterte jedoch. Scheiterte nicht nur für sich selbst, sondern auch für die anderen Stargate-Agenten und für sein Land.

Nick hielt seinen Atem an, wie er es immer

an dieser Stelle seiner Vision tat. Doch egal, wie häufig er diese Vorahnung schon gesehen hatte, er sah nie weg und hoffte wider besseres Wissen, dass es dieses Mal anders ausgehen würde. Doch das tat es nicht.

Die Explosion auf dem Schirm war von monumentalem Ausmaß. Die Stoßwelle erreichte das Wasser kurze Zeit später und brachte die Boote vom Kurs ab, schleuderte sie in die Luft und zerquetschte sie, als wären sie aus Zündhölzern gebaut. Zerrissene Segelteilchen flogen wie kleine Vögel in der aufgewühlten Luft umher.

Als die Stoßwelle Nick erreichte, wurde auch er in die Luft geschleudert und an die Hauswand katapultiert. Für einen Sekundenbruchteil, bevor er aufschlug, sah er das Haus, in dem er gewesen war: eine Villa, doch nicht seine.

„Neiiiiiin!"

Sein eigener Schrei riss ihn aus der Vorahnung. Schweißgebadet fuhr er hoch. Um ihn herum war es dunkel. Er war im Bett. Neben ihm bewegte sich jemand.

„Nick?" Die panische Stimme einer Frau.

Schwer atmend versuchte er sich zu konzentrieren, versuchte, sich daran zu erinnern, wo er war. Es dauerte drei Sekunden, bis er wieder in der Gegenwart angekommen war.

„Es geht mir gut", sagte er und hob seine Beine bereits aus dem Bett und setzte sich an dessen Rand. „Nur ein Alptraum. Schlaf weiter, Michelle."

Er spürte ihre Hand an seinem Rücken und stieß sie instinktiv weg.

„Aber, du bist –"

„Alles ist in Ordnung." Er sprang auf. „Ich dusche schnell, wenn es dir nichts ausmacht und dann gehe ich."

Bevor Michelle einen Protest äußern konnte, verließ er das Schlafzimmer und zog die Tür hinter sich zu. In der Diele fuhr er mit bebender Hand durch sein feuchtes Haar und versuchte, sein rasendes Herz zu beruhigen.

Die Vision befiel ihn, anders als alle anderen Vorahnungen, nur während des Schlafes und wurde immer häufiger, als ob sie ihm zeigen wollte, dass das Ereignis, das er sah, näher kam. Doch war er keinen Schritt näher daran herauszufinden, was die Vorahnung bedeutete, als vor über drei Jahren, als er sie zum ersten Mal nach dem Mord des Gründers des streng geheimen Stargate-Programms gesehen hatte.

Er hatte nicht mehr viel Zeit.

12

Michelle starrte auf die geschlossene Schlafzimmertür, durch die Nick gerade verschwunden war. Sie beugte sich zum Nachttisch und schaltete die Lampe an. Weiches Licht flutete das sonst dunkle Zimmer. Sie blickte flüchtig auf den Wecker. Es war kurz nach fünf Uhr morgens.

Ihr Herz raste immer noch. Sie hatte tief geschlafen, bis Nicks Schrei sie geweckt hatte. Es hatte geklungen, als wäre er in Todesgefahr gewesen. Einen Augenblick lang hatte sie sich gefragt, ob jemand in ihre Wohnung eingebrochen war. Aber schnell war klar, dass Nick nur einen Alptraum gehabt hatte.

Aber warum? Welcher ausgewachsene Mann hatte denn Alpträume? Kinder hatten damit zu schaffen, wenn sie von Monstern träumten. Oder möglicherweise Menschen, denen irgendetwas Schlimmes zugestoßen war. Nick dagegen kam ihr gänzlich ausgeglichen vor. Aber was, wenn er es nicht war? Hatte sie ihn falsch eingeschätzt? War es falsch gewesen, einen Fremden in ihrem Bett willkommen zu heißen?

Das Herz schlug ihr bis in den Hals. Michelle sprang aus dem Bett und schlüpfte in ein T-Shirt und eine Yogahose. Als sie die Diele betrat, hörte sie die Dusche laufen. Sie legte den Lichtschalter um. Vorsichtig, ohne ein Geräusch zu machen, schaute sie sich um und fand schnell, wonach sie suchte.

Nick hatte seinen Rucksack unter dem Tisch abgestellt. Michelle warf einen Blick zurück zu der geschlossenen Badezimmertür und ging in die Hocke. Sie öffnete den Reißverschluss und inspizierte das Innere. Ein Fach enthielt seinen Laptop. Sie zog ihn nicht heraus, sondern durchsuchte stattdessen den Rest.

Es gab nicht viel: ein paar Schlüssel, ein Handy mit einem Ladegerät und ein Stromkabel für den Laptop. Sie war im Begriff, die Tasche wieder zu schließen, als sie eine Ausbuchtung verspürte. Sie öffnete das Fach weiter, sah jedoch nichts. Aber irgendetwas war da offenbar. Sie ließ ihre Finger die Suche übernehmen, bis sie schließlich einen versteckten Reißverschluss ertastete.

Sie warf einen Blick zur Badezimmertür, um sich zu vergewissern, dass Nick immer noch dort drinnen war, holte tief Luft und öffnete das Geheimfach. Mit angehaltenem Atem steckte sie ihre Hand hinein.

Ihre Finger schlossen sich um etwas Kaltes. Sie ließ sie auf dem Metallstück entlanglaufen und erkannte den Umriss. Ihr Herz blieb stehen, als ihre Hand sich um den Griff einer Waffe legte. Vorsichtig zog sie sie heraus. Eine Handfeuerwaffe. Sie war keine Expertin, dennoch konnte sie mit Bestimmtheit sagen, dass dies eine Pistole mit einem Magazin war.

Ihre Hand bebte. Das Zittern breitete sich über ihren ganzen Körper aus.

Verdammt! Was machte Nick mit einer Pistole?

Furcht ergriff sie plötzlich und sie steckte die Waffe zurück in das Fach und zog hektisch den Reißverschluss wieder zu, schloss den Rucksack und stellte ihn dorthin zurück, wo sie ihn gefunden hatte.

Sie sah sich um und versuchte, einen klaren Gedanken zu fassen. War Nick gefährlich? War er ein Verbrecher? Wer war er? Ihr Blick schoss umher und zurück ins Schlafzimmer. Über der Rückenlehne eines Stuhls hing Nicks Hose. Er hatte sie nicht ins Bad mitgenommen.

Sie stürzte ins Schlafzimmer, nahm die Hose vom Stuhl und durchsuchte schnell die Taschen. Seine Geldbörse! Mit nervösem Blick über ihre Schulter öffnete sie sie und durchsuchte den Inhalt. Bargeld. Ein Führerschein. Sie zog ihn heraus. Der Name war Nicholas Young, die Adresse war in Washington D.C. Da entdeckte sie etwas, was sie stutzig machte. Der Führerschein war vor zwei Jahren ausgestellt worden, dabei hatte er doch gesagt, dass er erst kürzlich nach Washington gezogen war. Wie also hatte sein Führerschein bereits zwei Jahre alt sein können?

Sie inspizierte die restlichen Fächer der Geldbörse und ertastete etwas Steifes. Sie zog es heraus: eine Kreditkarte. Ihr Atem blieb ihr in der Kehle stecken. Gestern Abend hatte er bar bezahlt und behauptet, dass seine Kreditkarte gestohlen worden sei und er noch keine Ersatzkarte erhalten habe. Warum sagte er das, wenn er doch offensichtlich eine besaß? Möglicherweise war diese hier abgelaufen? Sie warf einen Blick auf das Verfallsdatum. Nein, sie war noch gültig. Einer plötzlichen Eingebung folgend schossen ihre Augen dorthin, wo der Name eingeprägt war.

Sie schlug sich die Hand über den Mund, um nicht aufzuschreien. Der Name war ein anderer, als der auf seinem Führerschein. Marcus Tremont.

Scheiße!

Zitternd schob sie den Geldbeutel zurück in seine Hosentasche und lief ins

Wohnzimmer. Sie zog ihren Computer aus ihrer Tasche und schaltete ihn an. Während er hochfuhr, trommelte sie nervös mit den Fingern auf ihre Schenkel und behielt den Flur im Blick. Das Wasser unter der Dusche lief noch.

Endlich war der Laptop bereit und sie entriegelte den Bildschirm mit ihrem Passwort und öffnete ein Browserfenster. Zunächst suchte sie nach Nicholas Young. Aber dazu gab es zu viele Treffer. Der Name war zu häufig. Sogar ein Schauspieler und ein Baseball-Star waren unter den Suchergebnissen. Sie würde viel zu viel Zeit brauchen, um alle durchzugehen.

Verflucht!

Stattdessen tippte sie Marcus Tremont ein. Es gab nur einen Marcus Tremont. Sie klickte auf den Facebook-Link. Das Profilbild war leer und es gab keine Posts auf seiner Timeline, jedenfalls keine, die sie sehen konnte, ohne mit ihm befreundet zu sein.

Wer war Nick? Und warum war er hier?

Die Antwort schlug ihr wie eine sich schließende Tür ins Gesicht. Smith! Ihr *Deep*

Throat-Erpresser musste dahinterstecken. Hatte er herausgefunden, dass sie aus lauter Verzweiflung plante, sich aus dem Staub zu machen? Wusste er bereits, dass sie sich auf eine Flucht vorbereitete und wollte sicherstellen, dass sie ihm nicht entkam, bevor sie geliefert hatte, was er wollte?

Warum war ihr das nicht schon früher gekommen? Er musste sie schon die ganze Zeit unter Beobachtung gehabt haben, nur für den Fall, dass sie nicht seinen Forderungen nachkam. Wie dumm sie doch gewesen war! Nick zuerst in dem Café zu begegnen und dann später nochmals, als sie fast in das Taxi gelaufen wäre, konnte kein Zufall sein. Smith hatte die Sache inszeniert. Und vielleicht hatte er sogar dafür gesorgt, dass das Taxi sie beinahe anfuhr, nur damit Nick sie retten und so ihr Vertrauen gewinnen konnte.

Und sie war auf diesen billigen Trick hereingefallen. Hatte sie so etwas nicht schon in unzähligen Filmen und Fernsehserien gesehen? Sie hätte es erkennen sollen als das, was es war. Ein Trick, damit Nick ihr nahe kommen konnte, um sie zu beschatten, möglicherweise sogar, um ihr Vertrauen zu gewinnen. Damit er herausbekäme, was sie plante.

Sie wollte fluchen, schreien, aber das konnte sie nicht. Sie musste mitspielen, durfte ihn nicht wissen lassen, dass sie ihm auf die Spur gekommen war. Sie musste ruhig bleiben und sich so benehmen, als wäre nichts geschehen.

Die Tür des Badezimmers öffnete sich und sie sprang beinahe aus ihrer Haut.

Na super, Michelle, züchtigte sie sich stumm. *Das sieht sehr normal aus.*

Nick kam nicht ins Wohnzimmer, sondern ging ins Schlafzimmer. Sie hörte, wie er sich ankleidete. Sie nutzte das bisschen Zeit, um tief durchzuatmen und sich zu beruhigen. Als sie seine Schritte näherkommen hörte, klappte sie schnell den Deckel ihres Laptops zu und erhob sich.

„Michelle." Seine Stimme klang zögernd.

Langsam drehte sie sich um und stellte sich ihm. Sie versuchte zu lächeln, versagte jedoch kläglich.

„Tut mir leid. Ich, äh ... wollte dich nicht

erschrecken." Er fuhr sich mit der Hand durch sein feuchtes Haar und sah niedergeschlagen aus. „Die Alpträume, sie werden immer seltener."

„Alpträume?", wiederholte sie.

„Ja. Ich war im Irak. Es war die Hölle." Er wandte den Blick ab und schaute zu Boden.

„Im Irak? Du warst im Krieg?" Erklärte das zumindest seine Alpträume? Das wäre möglich. Und merkwürdigerweise würde das auch andere Sachen erklären. Wenn er früher im Militär gewesen war, dann machte es Sinn, dass Smith ihn angeheuert hatte, um sie zu überwachen.

„Ja. Nur eine Tour, aber es reichte." Er machte eine Pause. „Hör zu, ich sollte gehen. Ich muss arbeiten. Soll ich dich heute Abend anrufen?"

Sie nickte schnell, erpicht darauf, dass er ihre Wohnung verließ. Als er stattdessen auf sie zuging, verkrampfte sie sich. Er blieb kurz vor ihr wie angewurzelt stehen. Offenbar hatte er ihre Reaktion bemerkt.

„Es tut mir leid. Ich weiß, dass ich dich

erschreckt habe." Er beugte sich zu ihr und drückte ihr einen Kuss auf die Wange.

„Ist schon in Ordnung." Michelle zwang sich zu einem Lächeln.

„Wir sprechen später darüber, ok?"

Nick wandte sich ab, ging zur Tür und ergriff auf dem Weg hinaus seinen Rucksack. Erst als die Tür sich hinter ihm schloss, war sie fähig, wieder zu atmen.

„Oh Gott", brachte sie heraus. „Ich habe mit dem Feind geschlafen."

13

Nick zog seinen Laptop aus dem Fach und legte ihn auf seinen Schreibtisch, bevor er, verärgert über sich selbst, den Rucksack in die Ecke warf.

Er war es gewohnt, lügen zu müssen, um sich zu schützen. Doch hatte er es bei Gott wirklich gehasst, Michelle vorzuschwindeln, er wäre ein Irak-Veteran, der unter posttraumatischem Stress litt. Zudem war es ein Schlag unter die Gürtellinie aller Irak-Veteranen, die wirklich unter PTSD und noch viel Schlimmerem litten. Er hatte einfach diese

Ausrede benutzt, um seine wirklichen Probleme zu verdecken.

Er war nie beim Militär gewesen, obwohl er seinem Land jahrelang als CIA-Agent gedient hatte. Er hatte sein Leben für die Sicherheit der Bürger dieses Landes geopfert und wie hatte man es ihm gedankt? Indem man ihn wie einen Hund jagte. Es war Zeit, zurückzuschlagen.

Aber zuerst musste er etwas erledigen.

Nick öffnete den Ordner, in dem er die Informationen von Michelles USB-Stick abgespeichert hatte, und sah sich den Inhalt an. Es war auch eine Bild-Datei darin – ein Porträt von Michelle. Aufgrund des fehlenden Lächelns und der Haltung ihres Kopfes erkannte er sofort, wozu es diente. Ein Passbild. Wofür brauchte sie ein solches in digitaler Form? Passbilder wurden normalerweise zusammen mit dem Antragsformular bei der Post eingereicht.

Neugierig sah Nick die anderen Dateien durch.

Eine davon beinhaltete einen nicht sehr umfangreichen Lebenslauf – er überflog ihn schnell. Ein paar Jobs als Software-Beraterin und ein Abschluss von einer Online-Universität, sowie eine Liste von Computerprogrammen, die Michelle beherrschte: C, Fortran, Javascript, Lisp, Python. Sie kannte sich offensichtlich aus.

Nick schloss das Dokument und suchte weiter. Eine kleine Textdatei zog seine Aufmerksamkeit auf sich. Sie bestand aus nur zwei Zeilen: Jennifer Miller, Geburtsdatum: 5. Mai 1991, Haar: dunkelblond, Augen: blau, Größe: 170 cm. Alle Informationen, die man für einen Pass benötigte, nur dass der Name nicht stimmte. Versuchte Michelle Andrews, sich in Jennifer Miller zu verwandeln? Zu welchem Zweck? Er öffnete die nächste Textdatei. Sie enthielt ebenfalls nur sehr wenig: eine E-Mail-Adresse.

Nick meldete sich bei einer seiner Schein-E-Mail-Adressen an und verfasste eine Mitteilung, schrieb nichts in den Textraum, sondern tippte nur ein einziges Wort in den Betreff: *Anfrage*. Er drückte *senden* und wartete. Sechzig Sekunden später erklang ein kurzes Pingen. Die Nachricht, die in seiner

Inbox landete, war vom *System-Administrator* und der Betreff lautete *Kann nicht gesendet werden.* Der Text gab an, dass die E-Mail-Adresse nicht existierte. Genau, wie er vermutet hatte. Wem auch immer diese E-Mail-Adresse gehörte, die Person hatte sie bereits deaktiviert.

„Was hast du im Sinn, Michelle?", murmelte er.

Er öffnete eine Datei nach der anderen, fand Bewerbungen und Dokumente mit Hyperlinks. Er folgte den Verlinkungen und fand Recherchen über verschiedene Länder. Eine Verlinkung führte direkt zu einem Pdf-Dokument. Er überflog den Text und fragte sich, wonach Michelle suchte, als ihm ein Wort in die Augen stach: *Auslieferung.* Er las den ganzen Satz. *Es besteht kein Auslieferungsabkommen mit den USA.*

Jetzt war alles klar: Michelle war vor dem Gesetz auf der Flucht.

Er versuchte, zusammenzuschustern, was er bis jetzt über sie wusste: eine Vergangenheit mit Anonymous, während der sie Probleme mit dem Gesetz bekommen hatte; elektronische

Dateien, die benutzt werden konnten, um einen gefälschten Pass zu erhalten; eine Schein-E-Mail-Adresse, über die sie höchstwahrscheinlich in Kontakt mit einer Person trat, die ihr solch einen Pass verschaffen könnte; Recherchen über Länder, die Verbrecher nicht zurück an die USA auslieferten; und Michelle, die er verdächtigte, ihn aus den Servern der CIA herauszuhalten. Es passte alles. Jemand, der ihre Vergangenheit kannte, musste sie engagiert haben. Vielleicht hatte diese Person ihr einen hohen Geldbetrag angeboten, vielleicht sogar den Kontakt zu demjenigen hergestellt, der ihr einen gefälschten Pass besorgen könnte, damit sie nach Erledigung des Auftrags ein neues Leben weit weg von hier beginnen könnte?

Oder benutzte jemand ihre Vergangenheit gegen sie und zwang sie, ihn gegen ihren Willen aufzuspüren? Beide Szenarios waren möglich. Auf jeden Fall bedeutete es, dass er Michelle nicht vertrauen konnte, was er ja bereits von Anfang an gewusst hatte. Die Informationen auf ihrem USB-Stick untermauerten nur noch, was er schon vermutet hatte: dass sie versuchte, ihn aufzuspüren. Aber er war schlauer.

Gerade wollte er das nächste Dokument von Michelles Speicherstick öffnen, als seine Inbox durch ein Pingen auf sich aufmerksam machte. Er sah auf den anderen Bildschirm und las die Nachricht.

Endlich.

Die Mitteilung war eine Antwort auf eine Anzeige, die er im *Dark Web* geschaltet hatte. Er meldete sich von seinem gegenwärtigen Internetanschluss ab. Aus seiner Schreibtischschublade holte er einen Wegwerf-Surfstick und steckte ihn in einen der Anschlüsse an seinem Laptop. Dann schloss er sich an das Netz an. Er würde sich hinterher des Sticks entledigen, um sicherzustellen, dass seine IP-Adresse geheim blieb. So würde niemand in der Lage sein, ihn zu seinem gegenwärtigen Standort zu verfolgen.

Es dauerte nur wenige Augenblicke, bis er am richtigen Ort des *Dark Web*s war und die Mitteilung, die ihm geschickt worden war, abrufen konnte. Der Absender war namenlos, doch die Mitteilung unmissverständlich. Jemand hatte seine Anfrage auf ein Treffen gesehen und wollte einen Ort und eine Zeit vereinbaren. Alle Schlüsselwörter, die die Person angegeben hatte, waren korrekt. Schlüsselwörter, die die Stargate-Mitglieder verwendeten. Einige davon könnten sicherlich von jedermann benutzt werden, allerdings ließ ihn die Tatsache, dass sämtliche Schlüsselwörter in der Mitteilung vorhanden waren, schlussfolgern, dass es ein Stargate-Agent war, der sich mit ihm in Verbindung setzen wollte.

Nick wusste natürlich, dass er trotzdem auf der Hut sein musste. Es bestand immer noch die Möglichkeit, dass ein Feind einen Stargate-Agenten dazu zwang, seine Geheimnisse zu offenbaren und dazu jegliches Mittel benutzte. Nicht einmal ein Stargate-Agent war gegen Folter immun. Deshalb würde er alle notwendigen Vorsichtsmaßnahmen treffen und nicht unbewaffnet am vereinbarten Ort auftauchen.

Trotz des Risikos musste er dieses Treffen wahrnehmen. Diese Gelegenheit konnte er sich nicht entgehen lassen. Er hatte zu lange nach seinen Kameraden gesucht, um sich diese Gelegenheit jetzt entgehen zu lassen. Nur so konnte er herausfinden, was seine dunkelste Vorahnung bedeutete. Er musste stoppen, was auch immer im Begriff war, zu geschehen. Und das war etwas Großes. Das wusste er instinktiv, viel zu groß, als dass er es alleine handhaben könnte.

Er brauchte Hilfe.

Hilfe, die ihm nur ein vertrauenswürdiger Stargate-Agent leisten konnte. Es war das Risiko wert.

14

Die Mitteilung war eindeutig gewesen. Michelle sollte sich heute Abend an einen speziellen Ort in Constitution Gardens begeben und aufnehmen, was sie sah und hörte. Dort würde ein geheimes Treffen stattfinden. Wenn sie gute Leistung brachte, hatte Smith in seiner SMS gesagt, würde sie dafür sogar belohnt werden. Michelle wollte fast darüber lachen. An welche Art von Belohnung dachte Smith? Sie schnell zu töten und ihr langes Leiden zu ersparen, falls die Leute, die sich heimlich in irgendeiner verlassenen Ecke von Washington trafen, sie entdeckten und versuchten, durch Folter an Informationen zu gelangen – die sie nicht hatte?

Großartig. Schlimm genug, dass sie online irgendeinen Hacker auskundschaften musste, jetzt brachte sie Smith auch noch in die Schusslinie, indem er sie auf eine nächtliche Erkundungsmission schickte. Zum Teufel, dafür war sie nicht ausgebildet. Warum benutzte er nicht einen seiner Geheimagenten – die er mit Sicherheit hatte, da Nick ja einer von ihnen war! – oder erledigte seine Drecksarbeit selbst? Nein, er musste eine schwache Frau dafür heranziehen, die nicht einmal Karate oder irgendeine andere Form der Selbstverteidigung beherrschte. Wenn's um ihre Überlebenschancen ging, dann waren die gleich null.

Verdammt noch mal!

In ihrem Versteck hinter einem Busch zwang sie sich zur Ruhe, obwohl sie wegen dieser Ungerechtigkeit schreien wollte. Genügte es denn nicht, dass Smith ihr einen Bewacher zugewiesen hatte?

Michelle war nach Anbruch der Dunkelheit

angekommen, damit niemand sie bemerken würde, wenn sie hier herumkroch und sich verdächtig benahm. Stunden, bevor dieses Treffen stattfinden sollte, war sie bereits in Stellung, bereit, aufzunehmen, was auch immer sie sah.

Unterdessen schwirrten die Moskitos um sie herum und fraßen sie bei lebendigem Leibe auf. Trotz des Gewitters der Nacht zuvor hatte sich die Luft nicht abgekühlt. In ihrem schwarzen, langärmligen T-Shirt und der dunklen Hose war ihr zu heiß. Sie war viel zu warm angezogen, was zumindest den Vorteil hatte, dass die Moskitos nur an ihre Hände, ihren Hals und ihr Gesicht herankamen, obwohl sie schwören konnte, dass einige versuchten, sich ihr Hosenbein hinaufzuarbeiten. Sie schlug gegen ihr Bein, wo sie glaubte, einen Stich zu verspüren, und fluchte leise.

Verdammte Blutsauger!

Noch tummelten sich Touristen um die verschiedenen Monumente, die von starken Scheinwerfern angestrahlt wurden, und schossen Fotos im Park. Lincoln Memorial, auf das sie eine gute Ansicht über den Reflecting

Pool hinweg hatte, war eines davon. Die Menschen machten Fotos auf der Treppe, Selfies mit der sitzenden Statue von Präsident Lincoln hinter ihnen oder Gruppenfotos, wobei sie andere Touristen um Hilfe baten. Doch je länger sie wartete, desto weniger wurden es. Die Touristen kehrten schließlich zurück zu ihren Hotels oder besuchten andere, interessantere nächtliche Sehenswürdigkeiten.

Michelle hatte sich zwischen einigen Büschen verkrochen und hielt angestrengt Ausschau. Sie wollte die Ankunft der mysteriösen Fremden nicht verpassen oder gar von ihnen überrascht werden.

Die Ruhe in dem großen Park war unheimlich. Sie hörte Vögel in der Dunkelheit flattern sowie das lästige Summen der emsigen Fliegen und Moskitos, doch alle Geräusche, die von Menschen erzeugt wurden, kamen aus der Ferne. Autos fuhren auf der Constitution und der Independence Avenue, andere überquerten die Arlington Memorial Brücke. In der Dunkelheit wurden die Geräusche weit getragen. Aber sie waren auch beruhigend und fast tröstend, weil sie bestätigten, dass das normale Leben weiterging – obwohl ihr eigenes Leben eine Wendung zum Schlechteren genommen hatte. Sie wusste es. Sie spürte es in ihren Knochen, erkannte es daran, wie sich die Haare an ihrem Nacken aus Protest aufstellten.

Sie sollte nicht hier sein. Mit ihrem neuen Pass in der Hand sollte sie in einem Flugzeug auf dem Weg nach Südamerika sitzen. Aber sie wartete immer noch auf das gefälschte Dokument. Ihr Kontakt – den ihr ein alter Freund von Anonymous empfohlen hatte – hatte ihr gesagt, dass sie Geduld haben musste. Wenn der Pass einer Inspektion auf einem US-Flughafen standhalten sollte, musste er perfekt sein. Und bei so etwas konnte man nicht hetzen, doch er hatte versprochen, ihn in zwei Tagen zu liefern, gerade rechtzeitig, bevor ihr Ultimatum mit dem mysteriösen Mr. Smith ablief. Sie wäre weit weg, bevor er sie ins Gefängnis werfen konnte. Und das würde er auch tun, denn der Hacker, dem sie schon so nahe gewesen war, war wieder untergetaucht. Die ganze Woche hatte sie seine digitale Handschrift nirgends gesehen. Als wüsste er, dass sie ihm auf der Spur war.

Der Ton eines brechenden Zweiges unterbrach die Stille und ließ sie ihren Kopf in die Richtung des Geräusches wirbeln. Sie versuchte, mit ihren Augen die Dunkelheit zu durchdringen, um zu entdecken, was das Geräusch verursacht hatte, sah jedoch nichts. Der Bereich, aus dem der Laut gekommen war, war dunkel und nicht wie die Monumente von Scheinwerfern erhellt. Sie hätte eine Nachtsichtbrille benötigt. Daran hätte Smith denken sollen. Offenbar war ihr Erpresser nicht ganz so intelligent, wie er vorgab. Wie sollte sie etwas aufnehmen, wenn sie nichts sehen konnte? Zum Teufel, ihr Handy konnte kaum etwas aufzeichnen, wenn sie nicht einmal wusste, in welche Richtung sie das Ding halten sollte.

Da, noch ein Geräusch! Dieses Mal waren es Schritte. Ihr Echo war schwer zu orten. Kam der Laut von rechts oder links? Sie bewegte sich und ihr T-Shirt verfing sich an einem Ast. Sie zerrte daran. Das Geräusch des reißenden Stoffes hallte in der Stille wieder.

Scheiße!

Die Person in den Büschen war kein Stargate-Agent, so viel wusste Nick sofort. Er war nahe genug, um ein Prickeln hätte verspüren können, das durch die Gegenwart eines Stargate-Agenten verursacht wurde, doch er verspürte nichts. Nachdem er von Henry Sheppard rekrutiert worden war, hatte dieser ihm mitgeteilt, dass das Prickeln ein Zeichen war, wie ein Stargate einen Gleichgesinnten erkannte. Es war wie ein Überlebensinstinkt. So hatte die Natur dafür gesorgt, dass einige ihrer besonderen Kinder einander zu Hilfe kommen konnten, wenn es notwendig war.

Nick hegte keine Zweifel, dass die Person, die ihm in der Dunkelheit auflauerte, etwas Böses wollte und kein Tourist war, der sich verirrt hatte. Er wusste, dass der Fremde seinen Atem anhielt, um nicht gehört zu werden. Nur sehen konnte er seinen vermeintlichen Angreifer nicht, weil der Bereich um ihn herum pechschwarz war, während es nur einige Meter entfernt durch die Monumente und die nahe City genug Licht gab, um dort Umrisse zu sehen.

Da er nicht wusste, welches Training die auf der Lauer liegende Person absolviert hatte, ging Nick auf Nummer Sicher. Eine falsche Bewegung und er könnte eine Kugel ins Gehirn oder ein Messer in sein Herz abbekommen. Und er hing an seinem Leben und hatte nicht vor, es gegen einen ewigen Aufenthalt in einer Holzkiste zwei Meter unter der Erde einzutauschen.

Nick hatte seine Grundausbildung auf der *Farm*, dem Trainingslager der CIA, durchgemacht, wo er in Selbstverteidigung, Nahkampf und Waffen ausgebildet worden war, sogar noch bevor er von Sheppard in das Stargate-Programm rekrutiert worden war. Wegen seiner Computerkenntnisse war er gleich nach der Universität als CIA-Agent angeworben worden und hatte in Langley schon zwei Jahre lang als Datensicherheitsexperte gearbeitet, bis Henry Sheppard auf ihn aufmerksam geworden war. Sogar während er im Stargate-Programm war, hatte er weiterhin in Langleys Datenschutzabteilung gearbeitet.

Nick hing sehr an seiner Glock, einer Pistole, mit der gut umzugehen war, und die im Moment in einem Halfter unter seinem linken Arm steckte, bereit, jederzeit benutzt zu werden.

Er stellte einen Fuß vor den anderen und trat leicht auf, um kein Geräusch zu machen, während er sich in Richtung der Ansammlung von Bäumen und Büschen pirschte. Er scherte nach links aus und näherte sich langsam. Seine Atmung war gleichmäßig und ruhig, seine Augen auf sein Ziel fokussiert. Obwohl eine Nachtsichtbrille gelegen gekommen wäre und ihm einen Vorteil verschafft hätte, wusste er, dass er diesen Mangel an Ausrüstung mit seinen anderen Sinnen wieder wettmachen konnte – nämlich seiner Fertigkeit als Scharfschütze.

Ruhig griff er in seine Jacke und zog die Glock aus dem Pistolenhalfter. Noch ein paar Schritte. Er war nahe dran.

Ein Rascheln in den Büschen, als ob sich

der Angreifer bewegte, als ob er wüsste, dass er schon entdeckt worden war.

Doch die Erkenntnis kam zu spät. Nick war bereits da. Hinter ihm. Nur noch einen oder zwei Meter. Nick hob sein Bein, machte einen Schritt weiter. Er spürte den Zweig unter seiner Sohle zu spät und knackte ihn. Das Geräusch hallte in der Nacht wider.

Ein scharfes Einatmen war die Antwort, dann eine plötzliche Bewegung vor ihm: Der Fremde wirbelte herum, um sich ihm zu stellen. Er war nicht groß für einen Mann, durchschnittlich und leicht gebaut.

Nick stürzte sich nach vorne, peitschte den Mann gegen einen Baum und drückte ihm einen Sekundenbruchteil später die kalte Mündung der Glock an die Stirn.

„Eine falsche Bewegung und die Kugel macht Brei aus deinem Gehirn."

Ein lautes Keuchen, der Ton zu hoch für einen Mann, rüttelte ihn für eine Sekunde auf. Genauso wie das unkontrollierte Erzittern der Person.

„Nick! Tu es nicht!"

Entsetzen fuhr durch seine Knochen und

lähmte ihn einen Augenblick lang. Doch dann schaltete sich sein Training ein.

„Michelle!", knurrte er. Er hatte sie nicht erwartet, obwohl er das hätte tun sollen.

„Gott sei Dank", brachte sie heraus, anscheinend erleichtert. „Bitte, nimm die Pistole weg. Du machst mir Angst."

„Tue ich das?" Es könnte ein Trick sein, um ihn zu veranlassen, seine Pistole runterzunehmen, damit sie ihn überwältigen konnte. Er kam ihr noch näher. „Bist du bewaffnet?"

„Bewaffnet? Nein!"

Er benutzte seine freie Hand, um sie vorne abzutasten, dann griff er hinter sie, um zu überprüfen, ob sie hinten im Bund ihrer Jeans eine Waffe verstaut hatte. Das hatte sie nicht.

„Was machst du?" Panik schwang in ihrer Stimme mit. „Nick, sag mir, was los ist!"

„Das Gleiche wollte ich dich gerade fragen." Er kam ihr jetzt so nahe, dass er ihren Gesichtsausdruck genau ausmachen konnte.

Ja, das war Michelle, gekleidet ganz in Schwarz wie ein Ninja, ihr dunkelblondes Haar unter einem Schal versteckt, den sie in ihrem

Nacken verknotet hatte. Zumindest hatte sie ihre Wangen nicht mit Schuhcreme geschwärzt.

„Ich war gerade, äh, weißt du, spazieren", murmelte sie.

Er drückte sie härter gegen den Baumstamm. „Gib mir eine andere Antwort, *Schätzchen*!"

Sie zog ihre Schultern nach hinten und streckte ihren Brustkorb heraus. „Ich schwöre es! Ich will niemandem etwas Böses und da hörte ich plötzlich etwas, also dachte ich mir, es wäre besser, wenn ich mich verstecke. Weißt du, nachts im Park gibt es Diebe."

Er stieß missbilligend den Atem aus. „Ja, ganz bestimmt. Warum machst du dann verdammt noch mal mitten in einem dunklen Park nachts einen Spaziergang, wenn es so gefährlich ist? Willst du mir das mal erklären?"

„Was machst du dann hier? Mir nachspionieren?"

„Ich stelle hier die Fragen. Wir wissen beide, was hier vor sich geht. Du hast mir eine Falle gestellt, damit ich in den Park komme."

„Wozu?", fragte sie und der Trotz sprühte

förmlich von denselben Lippen, die er in der Nacht zuvor geradewegs verschlungen hatte.

„Um mich zu töten", würgte er hervor und schob sein Gesicht fast in ihres. Ihre blauen Augen sammelten von irgendwoher in der Nähe Licht auf und funkelten ihn böse an.

Michelle knirschte mit den Zähnen. „Und womit soll ich dich umbringen, du Idiot? Vielleicht mit der Pistole, die gerade auf meinen Kopf gerichtet ist?"

Eines musste er ihr lassen: Sie gab nicht leicht nach, was nur noch ein weiterer Beweis dafür war, dass sie gewieft und darauf aus war, ihn reinzulegen.

„Lass mich los!" Sie versuchte, ihn wegzustoßen, aber er war größer und stärker und hatte nicht die Absicht, seine überlegene Position aufzugeben, nur weil sie eine Frau war.

„Nicht bis du mir sagst, was du hier tust. Warst du diejenige, die dieses Treffen inszeniert hat?"

„Welches Treffen?"

Die Art und Weise, wie ihre Augen sich bei diesen Worten bewegten, verrieten ihm, dass sie versuchte, sich Zeit zu erkaufen, weil sie noch nicht wusste, wie sie sich aus dieser Notlage befreien sollte.

„Du weißt genau, welches Treffen." Er musterte sie von oben bis unten. „Natürlich warst du es, nicht wahr? Wer sonst als ein ehemaliges Mitglied von Anonymous kennt sich im *Dark Web* aus?"

Ihre Kinnlade klappte herunter und Luft entwich ihrer Lunge. Sie versuchte, sich zu fangen, aber es war zu spät; sie hatte sich bereits verraten.

„Ich weiß nicht, wovon du sprichst."

„Wirklich nicht?" Mit seiner freien Hand griff er nach der Halskette und zog daran, bis der Anhänger unter ihrem schwarzen langärmligen T-Shirt hervorkam. „Sonderbarer Geschmack in Sachen Schmuck, findest du nicht auch?"

Ihre Augen verengten sich. „Ich kann tragen, was ich will."

„Natürlich kannst du das. Und ich kann zu den Schlussfolgerungen kommen, die ich will. Und das hier, *meine Süße,* ist eine Guy Fawkes-Maske, das Symbol von Anonymous.

Bei denen du Mitglied warst. Was ist passiert? Haben dich die Behörden beim Hacken erwischt?"

„Ich war nie ein Hacker! Und du hast kein Recht, mich auszufragen. Du bist derjenige, der etwas zu verstecken hat, nicht ich." Sie deutete auf die Pistole, die er immer noch auf ihren Kopf gerichtet hatte. „Du bist derjenige mit der Pistole, oder etwa nicht?"

„Und das ist genau der Grund, warum du meine Fragen wahrheitsgemäß beantworten und mir keine Lügen mehr auftischen solltest. Ich werde ungeduldig, Michelle, und weißt du, was geschieht, wenn ich ungeduldig bin?"

Sie starrte ihn fragend an.

„Meine Hand fängt an zu zittern. Es ist ein Tick, weißt du."

„Das würdest du nicht tun."

Er schüttelte den Kopf. Michelle hatte Mut, die Art von Mut, die sie eines Tages das Leben kosten könnte. „Fordere mich nicht heraus. Sag mir die Wahrheit, Michelle, oder möchtest du lieber, dass ich errate, was du vorhast?"

„Mach nur!"

„Na gut." Er lockerte seinen Griff ein wenig,

während er die Mündung der Pistole zu ihrem Hals senkte. „Du warst eine Hackerin, die zu Anonymous gehörte. Du wurdest irgendwann geschnappt, während du dich in irgendeine Behörde eingehackt hast. Du bist begabt. Sogar so begabt, dass sie dir das Angebot machten, für sie zu arbeiten. Wie mache ich mich bis jetzt?"

Sie presste ihre Lippen zusammen.

„Gut. Ich bin also auf der richtigen Spur. Soll ich fortfahren oder würdest du lieber übernehmen und mir den Rest erzählen?"

„Ich habe nichts zu sagen."

Er schlug seine Faust in den Baumstamm neben ihrem Kopf. Sie zuckte zusammen.

„Verdammt, Michelle, ich schwöre, ich werde dir deinen hübschen Hals umdrehen, wenn du nicht aufhörst, so stur zu sein, und mir sagst, was ich wissen möchte. Kapierst du das? Das ist kein Spiel. Es geht hier um Leben und Tod." Er brachte sein Gesicht so nahe zu ihrem, dass sie nur noch ein paar Zentimeter trennten. „Hast du dieses Treffen arrangiert?"

Sie schüttelte ihren Kopf und zitterte nun. „Ich sollte nur diejenigen aufzeichnen, die hier auftauchen." Tränen schossen in ihre Augen. „Ich wusste nicht, dass du das sein würdest."

Er atmete erleichtert auf. Endlich fing Michelle an zu reden. Mit sanfterer Stimme fragte er: „Und der, für den du arbeitest, zu welcher Agentur gehört er? CIA? NSA?"

Sie zuckte hilflos mit den Schultern. „Ich weiß es nicht."

Nick knurrte. „Michelle."

„Ich schwöre, dass ich es nicht weiß." Sie holte Luft. „Ich weiß nicht, wer er ist. Er tritt mit mir in Verbindung und sagt mir, was ich tun muss. Ich habe keine Wahl."

Er studierte ihr Gesicht für einen Augenblick, während die Rädchen in seinem Kopf ineinander griffen. „Sein Angebot, für ihn zu arbeiten, war nicht wirklich ein Angebot, oder?"

Stumm schüttelte sie den Kopf und senkte ihre Lider.

„Lässt du dir deshalb einen Pass fälschen?"

Ihr Kopf schoss hoch und sie nagelte ihn mit ihren Augen fest. „Woher weißt du das?"

„Von dem USB-Stick an deinem Schlüsselbund. Dort waren Bilddateien und

Informationen über dich drauf, die darauf hindeuteten."

Plötzlich wütend stemmte sie die Hände an ihre Hüften. „Du hast meinen Memorystick geklaut? Das ist Privateigentum. Du hattest kein Recht, das zu tun!"

Er zuckte mit den Schultern. Privateigentumsrechte interessierten ihn im Augenblick nicht. Er hatte andere, weitaus größere Probleme. „Du hättest ihn verschlüsseln sollen."

„Es war nicht nötig, ihn zu verschlüsseln! Ich habe ihn immer bei mir."

Er grinste sie an. „Nicht, wenn du in der Dusche bist."

„Du, du ..." Sie hob ihre Hände, als wollte sie ihn schlagen, doch er stoppte sie, indem er ihr die Pistole fester gegen den Hals drückte.

Ihre Augen schielten zu der Waffe. „Glaubst du nicht, dass das im Augenblick unnötig ist? Du hast dich bereits davon überzeugt, dass ich nicht bewaffnet bin. Oder benutzt du die Waffe als Verlängerung deines Schwanzes?"

Er schmunzelte unwillkürlich. Er konnte es ihr nicht verübeln, dass sie verärgert war; doch diese Art von Beleidigung konnte er nicht einfach hinnehmen. „Mein Schwanz benötigt keinerlei Verlängerung, wie du ja schon weißt.“

Sie schmollte empört.

Aber sie hatte trotzdem ihre Meinung kundgetan und da er jetzt wusste, dass Michelle keine körperliche Gefahr für ihn darstellte, sicherte er die Pistole und steckte sie zurück in das Halfter. Doch er trat nicht zurück, sondern hielt sie immer noch zwischen seinem Körper und dem Baumstamm gefangen.

„Nun, da wir die Größe meines Schwanzes bestätigt haben, lass uns fortfahren. Was sonst will dein mysteriöser Auftraggeber von dir?“

„Ich soll die Konversation der Leute aufzeichnen, die sich hier treffen, und ihm dann die Datei per SMS schicken.“

„Ich meinte nicht heute Abend. Ich meinte im Allgemeinen. Du steigst mir online nach und versuchst, mich daran zu hindern, mich in einen Server einzuhacken.“

Einen Moment lang stand sie mit offenem Mund da, bevor sie wieder sprach. „Das warst du.“

„Ja, das war ich. Du bist sehr gut, aber du hast einen Fehler gemacht.“

„Welchen?“

„Das ist nicht von Bedeutung. Jedenfalls konnte ich deine IP-Adresse zu dem Café verfolgen.“

Sie nickte. „Dann war es also kein Zufall. Zu gut, um wahr zu sein. Du hast die ganze Zeit mit mir gespielt. Du hast mich ins Bett gekriegt, damit du herausfinden konntest, was ich wusste, oder?“ Sie warf ihm einen verachtenden Blick zu.

„Und glaube mir, ich habe es genauso genossen wie du.“

„Scheißkerl! Ich hätte nie mit dir geschlafen, wenn ich gewusst hätte –“

Er drängte seinen Körper an ihren und rieb seine Hüften an ihr Becken, schnappte ihre Handgelenke mit beiden Händen und pinnte sie an den Baum.

„Du weißt gar nichts, Michelle. Oder weißt du, wie sehr ich mit meinem Gewissen kämpfte, ob ich dich verführen sollte oder nicht? Ob ich mit dir ins Bett sollte oder nicht? Wie ich mit mir rang, weil ich wusste, dass es falsch war, dich zu berühren, um Informationen von dir zu bekommen?"

Er senkte seine Lider und starrte nun nur auf ihre leicht geöffneten Lippen.

„Und während der ganzen Zeit begehrte ich dich und wollte Liebe mit dir machen, als wären wir ganz normale Menschen, die sich zueinander hingezogen fühlen. Weißt du, dass ich mir wünschte, meine Vermutung wäre falsch? Dass du nicht der Hacker warst, der mir auf den Hals gehetzt wurde?"

Er gab ihre Handgelenke frei und fuhr sich durchs Haar. Eine Sache wurde ihm jetzt klar.

„Verflucht, ich habe mit dir geschlafen, weil ich dich will. Ich hätte all die Informationen, die ich brauchte, auch anders herausfinden können. Ich hätte in deine Wohnung einbrechen oder dich überfallen können. Ich hätte dir nicht so nahe kommen müssen. Aber ich wollte es."

Genauso wie er sie jetzt wollte, jenseits aller Vernunft.

Unfähig, sich zurückzuhalten, senkte er seine Lippen auf ihre und nahm ihren Mund in einem heftigen Kuss gefangen.

15

Nicks unerwarteter Kuss raubte ihr den Atem. Alles, was Michelle tun konnte, war, sich an ihn zu klammern. Ihre Knie wurden zu weich, um ihr Gewicht zu tragen, und nur der Baum an ihrem Rücken und Nicks Körper, der an ihren gepresst war, hielten sie aufrecht. Sie hatte keine Kraft mehr übrig, keinen Kampfwillen mehr. Als Nick die Waffe an ihren Kopf gedrückt hatte, hatte er wirklich ausgesehen, als würde er sie benutzen, falls sie Widerstand leistete. Sie war von sich selbst überrascht, dass sie ihm so lange hatte Paroli bieten können. Jetzt konnte sie das nicht mehr. Nicks Kuss zu widerstehen, war unmöglich.

Seine Worte schwirrten weiterhin in ihrem Kopf, prallten wie Querschläger umher und drängten sie dazu, seinen Worten Glauben zu schenken. Dass er sie nicht hatte benutzen wollen. Dass er das alles hätte erreichen können, ohne mit ihr zu schlafen. Dass er nur mit ihr geschlafen hatte, weil er sie begehrte.

Sie sollte ihm nicht glauben. Nein. Sie *konnte* es nicht. Er sagte das doch nur, um ihr Vertrauen zu gewinnen, damit sie ihm alles sagen würde. Schon jetzt wusste er zu viel. Doch sein Benehmen ergab keinen Sinn. Wenn er für Smith arbeitete, warum fragte er sie dann all diese Dinge? Er würde doch bereits wissen, dass Smith sie erpresste. Oder lag sie damit falsch? War er tatsächlich keiner von Smiths Handlangern? War er wirklich der Hacker, dem sie auf der Spur war?

Sie drückte ihn weg und zwang ihn, ihre Lippen freizugeben. Sie verkniff es sich, über ihren Mund zu streichen, um sich zu versichern, dass er sie wirklich mit solcher

Leidenschaft geküsst hatte. Stattdessen funkelte sie ihn an. Sie brauchte Antworten.

„Willst du sagen, dass du nicht für Smith arbeitest? Dass er dich nicht geschickt hat, um mich im Auge zu behalten? Damit ich tue, was er will?"

„Smith?"

„Der Kerl, der mich zu all dem hier zwingt."

„Wie kommst du darauf?"

„Weil es ein wenig zu sehr nach Zufall stinkt, dass du gerade dann auftauchst, wenn er mir ein Ultimatum stellt."

Nick ergriff ihre Schultern. „Was für ein Ultimatum?"

„Wenn ich den Hacker nicht innerhalb von zehn Tagen liefere, wirft er mich ins Gefängnis, obwohl ich glaube, dass er das nicht meinte. Ich glaube, er plant, mich zu töten, weil er Angst hat, ich wüsste zu viel."

„Wann hat er dir das Ultimatum gestellt?"

„Gestern vor einer Woche."

„Dann hast du nur noch zwei Tage."

Michelle schluckte schwer. Sie konnte selbst zählen. Sie wusste, dass ihre Zeit fast abgelaufen war. „Er sagte, dass, wenn ich heute Abend etwas Gutes liefere, er mich vielleicht sogar gehen lässt." Sie schnaubte. „Als ob jetzt noch etwas Gutes passieren könnte." Sie schluckte Tränen der Verzweiflung, die drohten, sie in ein heulendes Häufchen Elend zu verwandeln, hinunter und sah ihm stattdessen in die Augen. „Du musst mich gehen lassen. Es interessiert mich nicht, worin du verwickelt bist. Ich möchte es nicht einmal wissen. Aber ich muss von hier weg."

„Glaubst du wirklich, er wird nicht herausfinden, was du vorhast? Glaubst du nicht, dass er bereits weiß, dass du versuchst, dir einen gefälschten Pass zu verschaffen, um nach Südamerika zu fliehen?"

Für einen Augenblick erstarrte sie. Woher wusste er von Südamerika? Dann klickte es. „Der Memorystick. Meine Recherchen waren darauf gespeichert."

Nick nickte, sein Gesicht jetzt eine ernste Maske. „Ich glaube, wir können uns gegenseitig helfen."

Sie schüttelte ihren Kopf und ihren Oberkörper und versuchte, seine Hände von sich zu stoßen, aber er hielt sie fest. „Ja, so was ähnliches hat er auch gesagt. Und jetzt schau dir an, was geschehen ist. Ich sitze noch tiefer in der Scheiße als vorher. Warum sollte ich einen Erpresser gegen einen anderen austauschen? Wie soll mir das helfen?"

„Ich sorge dafür, dass du am Leben bleibst. Ich kann dich vor Smith schützen. Wenn du mir hilfst."

„Und wie soll ich dir helfen? Verstehst du denn nicht, Nick? Du bist der bessere Hacker. Du hast meine digitale Handschrift nachverfolgt. *Du* hast *mich* gefunden. Das hätte nicht passieren sollen. Also, wie soll ich dir denn helfen können, wo du doch viel besser bist als ich?"

„Darum geht es nicht. Es geht darum, wen du kennst. Smith. Ich muss an ihn ran. Wenn er wusste, dass ich versuchte, mich in die Server der CIA zu hacken, dann weiß er auch warum. Und das heißt auch, er weiß, was ich bin."

Verwirrt schüttelte Michelle den Kopf. „Warum würde er dann mich brauchen, um dich zu finden? Das macht keinen Sinn."

„Doch," schoss Nick zurück. „Denn er weiß, *was* ich bin, aber nicht, *wer* ich bin."

„Das verstehe ich nicht."

„Das musst du auch nicht. Du musst nur wissen, dass ich dir helfen werde, unterzutauchen, wenn du mir sagst, wo ich Smith finden kann."

Sie schüttelte ungläubig ihren Kopf. „Was weißt du schon vom Untertauchen?"

Sein Kopf kam näher, bis sie nur noch seine durchdringenden Augen sehen konnte. „Vor drei Jahren bin ich untergetaucht. Keiner meiner Feinde ist bisher in der Lage gewesen, mich zu finden. Und ich war die ganze Zeit vor ihrer Nase."

„Feinde? Wie Smith? Ist er dein Feind?"

„Wenn er mich sucht, höchstwahrscheinlich."

Neugier ergriff sie, obwohl sie Nick und sich selbst nur Augenblicke zuvor beteuert hatte, dass sie nicht wissen wollte, worin er verwickelt war. „Was hast du angestellt?"

„Das ist belanglos."

Doch sie konnte die Sache nicht auf sich beruhen lassen. „Smith arbeitet für die Regierung, so viel weiß ich, obwohl ich nicht sicher bin, für welche Behörde. Vermutlich CIA.

Das muss bedeuten, dass du etwas getan hast, das der Regierung nicht gefallen hat. Spionage? Verrat?"

Nick schmunzelte unerwartet. „Dies sind große Worte für eine Anarchistin wie dich."

„Ich bin keine Anarchistin. Ich glaube an die Demokratie. Alles, was ich jemals getan habe, war, die Korruption und die Vergehen der Regierung aufzudecken."

„Indem du zusammen mit deinen Freunden von Anonymous Geheimakten der Regierung gehackt hast, nehme ich an?"

„Wer im Glashaus sitzt, sollte nicht mit Steinen werfen. Außerdem tut Anonymous auch gute Sachen. Sie haben sich vorgenommen, Al-Qaeda online stillzulegen."

Ein Lächeln bildete sich auf Nicks Lippen. „Ich verteidige die Regierung nicht, Michelle, also kannst du mit deiner Tirade aufhören. Wir sind auf der gleichen Seite, zumindest hoffe ich, dass ich es schaffe, dich auf meine Seite zu bekommen. Du brauchst mich."

Sie wog seine Worte ab und schwieg einen langen Augenblick. Könnte er wirklich liefern, was er versprach? Einen Neuanfang in einem

Land, das sie nicht auslieferte? Wo sie vor Smith und der Behörde, für die er arbeitete, sicher war?

„Du weißt, dass du das willst. Lass mich die Entscheidung für dich einfacher machen."

Sie zog eine Augenbraue hoch und fragte sich noch, was er plante, als er seine Hand hob, um ihre Wange zu streicheln.

„Ich werde dir nicht wehtun, Michelle. Ich werde dich beschützen. Vertraue mir."

„Vertrauen ist eine Sache, die man nicht erzwingen kann."

„Aber es ist etwas, das wachsen kann. Du hast mir deinen Körper anvertraut, jetzt vertrau mir mit deinem Herzen und deinem Verstand."

Langsam näherten sich seine Lippen ihrem Mund. Sein Atem streichelte ihre Haut und führte sie in Versuchung, nachzugeben, sich diesem Mann hinzugeben, diesem Fremden, der ihren Körper zu unbekannten Höhen gebracht hatte. Doch er hatte sie auch belogen. Wie könnte sie ihm jetzt vertrauen?

„Nick, bitte ..." Sie wusste nicht, was sie ihn fragen oder ihm sagen wollte oder warum ihre

Finger sich plötzlich in sein Hemd krallten, um ihn heranzuziehen.

„Baby, lass mich dir helfen. Lass mich dafür sorgen, dass du sicher bist."

Seine Lippen drückten so leicht gegen ihre, dass sie nicht einmal sicher war, ob er sie wirklich berührte. Nur als der Druck gegen ihren Mund stärker wurde und eine heiße Zunge über ihre zitternden Lippen fegte, zerbröckelte ihr Widerstand.

„Ich bin nicht dein Feind", raunte er an ihren Lippen und tauchte seine Zunge in ihren Mund.

Das Klicken einer Waffe ließ sie erstarren und Nick in ihren Armen herumwirbeln.

„Wow, du bist aber ein gewiefter Verführer", vernahm sie eine männliche Stimme. „Vielleicht kann sogar ich noch was von dir lernen."

16

Mit der Hand an seiner Waffe erstarrte Nick. Der Mann, der nur ein paar Meter entfernt mit einer Schusswaffe auf ihn zielte, ließ die Härchen an seinem Nacken sich aufrichten. Ein vertrautes Prickeln durchfuhr ihn und er erkannte das Gefühl sofort. Er stand einem Stargate-Agenten gegenüber. Dies war nicht der mysteriöse Mr. Smith, von dem Michelle ihm erzählt hatte, zumindest hoffte er das. Nur Michelle konnte es bestätigen.

„Lass die Kanone, wo sie ist", befahl der Mann.

Nick wandte seinen Kopf zur Seite, ohne

seine Augen von dem Fremden zu nehmen. Er war groß und athletisch und vermutlich Anfang Dreißig. Sein dunkelblondes Haar war vorne lang and fiel ihm über die Stirn, doch an den Seiten war es kurz. Er war glattrasiert und sah gepflegt aus. „Michelle, ist er das? Ist das Smith?"

Sie sah an ihm vorbei. „Das ist nicht seine Stimme."

„Was?" Bedeutete das, was er vermutete?

„Ich habe ihn noch nie gesehen. Ich kenne nur seine Stimme."

Der Fremde schnalzte mit der Zunge. „Du hättest dich nicht von mir überrumpeln lassen sollen. Sehr nachlässig, Mann."

Nick störte es, dass der Mann mit ihm sprach, als kannte er ihn, doch er ließ sich nichts anmerken. „Du bist spät dran", sagte Nick stattdessen.

„Eigentlich war ich zu früh dran." Er deutete zu Michelle, die nun versuchte, sich an ihm vorbeizudrücken. Nick schob sie wieder hinter sich. „Genauso wie die hier zu früh auftauchte. Ich habe mich schon gewundert, was sie plante."

„Wir müssen reden", sagte Nick bestimmt. Vorzugsweise, ohne dass der andere Stargate-Agent eine Pistole auf seinen Kopf gerichtet hatte. Offenbar hatte der Mann Probleme, wenn es um Vertrauen ging. Zwar war Nick gerade nahe daran gewesen, Michelles Widerstreben, ihm zu vertrauen, auszumerzen, indem er sie verführte, er bezweifelte jedoch, dass diese Methode auch bei dem Stargate-Mitglied funktionieren würde.

Nicht dass er es dem Kerl übelnehmen konnte. Nick war sich selbst nicht sicher, ob er dem Mann vertrauen konnte. Sheppard hatte sie alle gewarnt, dass, wenn das Programm jemals kompromittiert würde, sie das Schlimmste annehmen müssten: dass einer aus ihrer Mitte ein Verräter war. Dass einer der Stargate-Agenten hinter ihnen her sein könnte und die Gabe, die sie zu Brüdern machte, gegen sie verwenden könnte.

„Ja. Alleine", antwortete der Fremde. „Sperr sie ein."

„Nein!", protestierte Michelle, während sie ihren Kopf an Nicks Schulter vorbeischob.

Die Pistole des Fremden bewegte sich in

ihre Richtung. „Du hast diesbezüglich kein Mitspracherecht."

„Ich aber", widersprach Nick und funkelte den Mann an.

„Unbewaffnet nicht."

„Du weißt, dass ich nicht unbewaffnet bin."

Der Mann legte seinen Kopf zur Seite. „Wie schnell kannst du denn ziehen?" Er machte eine kleine Bewegung mit seiner Pistole. „Es geht schneller, abzudrücken, wenn man den Finger schon am Abzug hat. Also sei nicht dumm." Er deutete zu einem Weg jenseits der Ansammlung von Bäumen. „Es gibt dort einen Schuppen, nur ein paar hundert Meter entfernt. Wir können sie dort lassen, während wir uns unterhalten."

Nick suchte Blickkontakt mit Michelle. Sie starrte ihn verängstigt an. „Ich lasse nicht zu, dass dir etwas geschieht."

Warum er glaubte, ihr dieses Versprechen machen zu müssen, ein Versprechen, das er auch halten wollte, wusste er nicht mit Sicherheit, insbesondere, da er in diesem Augenblick nicht in der Position war,

Versprechen zu machen – nicht, wenn gerade jemand mit einer Pistole auf ihn zielte.

Michelle presste ihre Lippen zusammen und schluckte.

„Los."

Nick ergriff Michelles Hand und folgte dem Befehl des Fremden. Der Weg bis zu dem Lagerschuppen, der zwischen ein paar Bäumen versteckt war, schien endlos. Während der gesamten Zeit ließ sich Nick verschiedene Szenarios durch den Kopf gehen, wie er den Kerl überwältigen könnte. Doch jedes Szenario würde Michelles Leben in Gefahr bringen. Darum war es besser, abzuwarten, bis er herausfinden konnte, ob der Kerl ein Freund oder ein Feind war. Zumindest würde Nick dann mit ihm alleine sein und müsste sich nur um sein eigenes Leben Sorgen machen.

Das Schloss an dem Schuppen schien fast nur zur Zierde da zu sein und gab sofort nach.

Nick schob Michelle in das dunkle Innere und bemerkte, dass sie bei der Aussicht, eingesperrt zu werden, zu zittern begann.

„Nimm ihr das Handy ab", befahl der Fremde.

Nick streckte seine Hand aus und nickte Michelle zu, um dem gebellten Befehl nachzukommen. Sie griff in ihre Tasche, zog das Handy heraus und legte es in seine Hand.

„Ich bin bald zurück. Vertraue mir.“

Sie hob ihre Augen zu seinen und sah ihn lange und durchdringlich an. „Ich hoffe, dass ich das nicht bereuen werde.“

Das hoffte er auch. Mit einem letzten Blick auf sie schloss er die Schuppentür, als der andere Stargate-Agent ihm eine Kette überreichte.

„Fädle die durch den Griff und den Haken, dann verknote sie.“

Nick tat, wie ihm geheißen wurde. Als er damit fertig war, wandte er sich zurück zu dem Mann.

„Hier entlang.“

Sie gingen auf eine kleine Hecke zu, wo der Kerl stoppte. „Hier ist es ok. Sie wird uns nicht hören können.“

Nick blieb stehen und sah zu seiner Überraschung, wie der Mann seine Pistole in sein Halfter steckte und sich entspannte.

„Ich heiße Yankee.“

„Fox." Misstrauisch blickte Nick auf die Waffe, die jetzt an Yankees Hüfte saß. „Was hat deine Meinung über mich geändert?"

„Ich hörte zufällig mit, was du mit der Frau gesprochen hast. Genug, um zu wissen, dass du sauber bist." Er deutete zu dem Schuppen. „Bedeutet aber nicht, dass ich Lust hatte, mich vor ihr erkennen zu geben. Solltest du auch nicht. Wir können niemandem vertrauen. War allerdings ein netter Versuch mit ihr. Wenn du Glück hast, macht sie mit."

Er ignorierte Yankees letzten Kommentar und fragte stattdessen: „Und wie soll ich wissen, dass du dich nicht gegen das Stargate-Programm gewendet hast?"

„Weil ich es dir sage."

„Das ist nicht genug."

„Du bist noch am Leben. Ich hätte dich schon hundertmal erschießen können und du hättest es nicht einmal mitbekommen."

Dagegen konnte Nick nicht argumentieren, obwohl es nicht bedeutete, dass er die Vorgehensweise des Kerls mochte. „Machst du immer auf Macho?"

Yankee grinste von einem Ohr zum anderen

und schaute übermäßig selbstgefällig drein. „So funktioniert es am besten."

„Ich glaube nicht, dass Michelle es zu schätzen wusste", sagte Nick trocken.

„Es kümmert mich wirklich nicht, was Zivilisten denken. Ich habe wichtigere Dinge zu erledigen."

„Wie zum Beispiel?"

„Die Stargate-Agenten sind unter Beschuss."

„Ach wirklich? Und das kommt dir erst jetzt? Wo warst du vor drei Jahren?"

„In der gleichen Situation wie du: Ich bin geflüchtet. Ich hab's satt, zu laufen und mich zu verstecken. Es ist Zeit zum Handeln."

„Warum gerade jetzt?"

„Weil die Kacke am Dampfen ist." Yankee warf einen Blick um sich und lauschte kurz, bevor er Nick wieder sein Gesicht zuwandte. „Echo ist tot."

Obwohl er nicht wusste, von wem Yankee sprach, nahm Nick an, dass der Name ein Codename war. „Ein Stargate-Agent?"

Yankee nickte mit einem traurigen Gesichtsausdruck. „Er hat uns betrogen.

Arbeitete für unsere Feinde. Bis er seine Meinung änderte und wieder alles gut machen wollte, war es bereits zu spät. Aber was geschehen ist, ist geschehen. Wir können der Vergangenheit nicht nachtrauern. Wir wissen, dass etwas Großes kommt. Etwas wirklich Schlimmes."

„Was ist es?", fragte Nick und trat neugierig näher.

„Hast du auch den Traum? Den Traum von dem Inferno, der Zerstörung?"

Entsetzt wich Nick mit offenem Mund ein paar Schritte zurück. Wie konnte Yankee von der entsetzlichen Vorahnung wissen, die seinen Schlaf störte?

Yankee nickte. „Du also auch. Echo hatte ihn auch. Deshalb vermute ich, dass wir alle ihn haben."

Er fuhr sich mit der Hand durch sein Haar. „Jedenfalls habe ich nachdem ich mit Echo vor seinem Tod sprach festgestellt, dass wir beide verschiedene Teile dieser Vorahnung sehen, und das ließ mich darauf schließen, dass andere das möglicherweise auch tun. Sobald wir alle Teile haben, können wir sie vielleicht zusammen entwirren und herausfinden, was das alles bedeutet. Deshalb fing ich an, nach anderen des Programms zu suchen."

„Also was willst du von mir?"

„Dasselbe, was du willst. Die Stargate-Agenten wieder zusammenzubringen, um das Programm auferstehen zu lassen. Deshalb hast du doch deine Fühler im *Dark Web* ausgestreckt, um einen von uns zu finden, oder? Ich bin hier und ich bin bereit zu kämpfen." Yankee legte seine Hand auf sein Pistolenhalfter, um seine Worte zu unterstreichen.

„Das ist nicht so einfach. Es wird keine Schießerei wie beim O.K. Corral geben, Kumpel. Ich arbeite mich von einer anderen Seite ran." Nick schaute seinen Kameraden von oben bis unten an, immer noch ungewiss, ob er ihm völlig vertrauen konnte, obwohl die Tatsache, dass er noch lebte – genauso wie Michelle – ein Punkt war, der Yankee zugute kam.

„Solange uns das zum gleichen Ziel bringt, ist es mir egal, auf welche Weise wir das machen." Yankee deutete in Richtung Lincoln

Memorial. „Lass uns gehen und einen Plan ausarbeiten." Er wandte sich bereits um und machte ein paar Schritte.

„Ich lasse Michelle nicht hier."

Yankee blieb stehen und schaute über seine Schulter. „Das wirst du aber müssen. Sie kann nicht mitkommen. Sie ist eine Zivilistin und sie weiß schon zu viel. Sie wird unsere Feinde direkt zu uns führen."

Nick stellte sich breitbeinig hin und stemmte seine Hände in die Hüften. „Ich lasse sie nicht hier. Und das ist endgültig. Wir brauchen sie. Sie hat Informationen, die ich für meinen Plan brauche."

„Sie hat hübsche Titten und einen heißen Arsch, das ist aber auch alles."

„Verdammtes Arschloch!", knurrte Nick und marschierte auf ihn zu.

„Sie hat keine Informationen. Das hat sie selbst zugegeben. Sie hat den Kerl, diesen Smith, noch nie gesehen. Sie ist nicht in der Lage, uns zu helfen, ihn zu identifizieren, also steck deinen Schwanz wieder zurück in deine Hose. Denn nur weil du scharf auf sie bist, bedeutet das nicht, dass sie mitkommen kann.“

Nick stürzte sich auf den Kerl und landete einen Schlag in dessen Gesicht. Sein Stargate-Kollege verlor keine Zeit, zurückzuschlagen und schleuderte Nicks Kopf zur Seite.

Als Nick für einen weiteren Haken ausholte, knurrte Yankee: „Verflucht, Fox, warum hast du nicht gesagt, dass sie deine Freundin ist?“

Nick erstarrte mitten in seiner Bewegung.

„Sie ist doch deine Freundin, oder? Es ist nur ... von den Sachen, die ich mithörte, wurde mir das nicht sofort bewusst. Entschuldige.“

Langsam entspannte sich Nick und ließ seine Faust fallen. Anscheinend hatte er gerade seinem Stargate-Kollegen etwas preisgegeben, das er sich selbst noch nicht eingestanden hatte: Er war nicht nur scharf auf Michelle. Er sorgte sich um ihr Wohlbefinden, er sorgte sich um *sie*.

Ohne ein Wort wandte sich Nick um und ging in Richtung Schuppen.

17

„Autsch!“

Michelle fluchte, als ihre Hand vom Griff der Schaufel glitt und sie sich bei dem Versuch, die Tür dieses windigen Schuppens aufzubrechen, noch einen weiteren Fingernagel abbrach. Wenn sie so weitermachte, würde sie bald keine mehr haben.

Aber sie konnte nicht aufgeben. Sie musste hier raus. Was, wenn dieser Fremde Nick tötete? Und sich dann um sie kümmerte? Trotz der schwülen Nachtluft zitterte sie und dieses

Mal nicht aus Furcht um ihr eigenes Leben. Zu ihrer Überraschung sorgte sie sich um Nick, obwohl sie das nicht sollte. Er verdiente es wirklich nicht.

Mit Lügen hatte er sich in ihr Leben eingeschlichen. Sie wusste nicht mehr, was sie glauben sollte. Leider hielt sie das nicht davon ab, sich um ihn zu sorgen. Sie hatte eine wunderbare Nacht mit ihm verbracht und eine Nähe zu ihm genossen, die sie zuvor noch nie mit irgendeinem anderen Mann verspürt hatte.

Es ist nur Sex, warnte sie eine Stimme in ihrem Kopf. War es das? Möglicherweise. Warum verkrampfte sich dann ihr Herz voller Schmerz, wenn sie sich vorstellte, dass Nick tot am Boden lag, eine Kugel in seinem Kopf? Sie versuchte, das Bild abzuschütteln. Sie konnte das nicht geschehen lassen. Irgendwie musste sie ihm helfen. Sie wollte glauben, dass er das in der gleichen Situation auch tun würde, obwohl sie keine Ahnung hatte, ob er wirklich sein Leben für sie riskieren würde.

Jedoch hatte es diesen kurzen Moment gegeben, als der bewaffnete Mann sich gezeigt hatte – da hatte Nick sie mit seinen breiten Schultern abgeschirmt, fast wie eine automatische Reaktion. Ein Beschützerinstinkt, der sich eingeschaltet hatte. Weil sie eine Frau war? Oder weil sie die Frau war, mit der er in der Nacht zuvor geschlafen hatte? Wenn sie das nur wüsste.

Seine Worte hallten immer noch in ihrem Kopf wider.

Ich hätte dir nicht so nahe kommen müssen. Aber ich wollte es.

War das die Wahrheit? Sie war geneigt, ihm zu glauben, nicht weil sie eine hoffnungslose Romantikerin war – was sie auch war –, sondern weil Nick offenbar die Fähigkeiten hatte, an die benötigten Informationen zu gelangen, ohne mit ihr zu schlafen. Verdammt, er hatte es geschafft, ihren USB-Stick zu stehlen *und* ihn, ohne dass sie es bemerkt hatte, wieder zurückzubringen. Sie hatte ihren Schlüsselbund in dem Moment überprüft, als sie sie in diesen Schuppen geworfen hatten. Und der Memorystick baumelte daran, als wäre er nie weg gewesen.

Nick hätte leicht in ihre Wohnung

einbrechen können, während sie schlief, und stehlen können, was er wollte. Er hätte ihre Bekanntschaft nicht machen müssen. War das sein ursprünglicher Plan gewesen?

„Ist jetzt auch egal", murmelte sie zu sich selbst.

In Nicks Armen hatte sie sich wohl gefühlt. Und jetzt hatte er ihr einen Ausweg aus ihrer gegenwärtigen Notlage angeboten, und – verdammt noch mal – sie wollte sein Angebot annehmen und glauben, dass er seine Versprechen halten konnte. Aber dazu musste Nick am Leben bleiben. Später könnte sie ihm immer noch in seinen verlogenen Arsch treten und ihm sagen, was sie von ihm hielt.

Das Geräusch einer rasselnden Kette zog sie aus ihren Gedanken.

Scheiße! Scheiße! Scheiße!

Panik stieg von ihrem Magen hoch in ihre Kehle und brachte ihr Herz zum Rasen und ihre Atmung zum Stillstand. Sie umklammerte den Holzgriff der Schaufel fester und hielt sie mit beiden Händen hoch, um von der Hebelkraft zu profitieren.

Jemand zog an der Kette. Die Tür bewegte

sich in den Scharnieren hin und her, bevor sie schließlich nach außen aufging.

„Auf geht's."

Es war die Stimme des Fremden.

Ohne einen weiteren Gedanken zu verschwenden, machte Michelle zwei Schritte nach vorne, sprang durch den Türrahmen und schwang die Schaufel auf die Person, die dort auf sie wartete.

„Scheiße! Nein, Michelle!"

Nicks Protest erreichte sie mitten im Schwung, und es war unmöglich, ihre Waffe rechtzeitig zurückzuziehen und deren Weg umzuleiten. Die dunkle Gestalt stürzte sich zur Seite und vermied dadurch einen Schlag auf seinen Kopf, aber die zweite Person, Nick, stand neben ihm und hatte nicht so viel Glück. Die Schaufel traf ihn im Abschwung am Hintern und schleuderte ihn zu Boden.

Nick grunzte.

Entsetzt ließ sie das Werkzeug fallen, lief zu ihm und ging neben ihm in die Hocke.

„Verdammt, Michelle, warum hast du das gemacht?"

„Oh, Gott, habe ich dir wehgetan?"

Ein herzhaftes Lachen des Fremden ließ sie herumfahren.

„Ich glaube, ihr zwei habt Beziehungsprobleme, an denen ihr arbeiten müsst", meinte der Mann.

„Ich habe auf Sie gezielt", presste sie heraus.

„Vielleicht solltest du ihr das Zielen beibringen."

Stöhnend setzte sich Nick auf und nahm ihre Hand. Dann zog er sie mit sich hoch und wandte sich an den Fremden. „Für diesen Hieb trägst du die Schuld, nicht sie. Wenn du nicht darauf bestanden hättest, sie in dem Schuppen einzusperren, wäre das nicht geschehen." Dann sah er sie an. „Michelle, das hier ist Yankee." Er machte eine kurze Pause. „Eine Art Kollege."

Sie drehte sich langsam um und musterte den Fremden von oben bis unten. Seine Pistole steckte jetzt in einem Halfter an seiner Hüfte und er sah etwas weniger furchterregend aus als zuvor. Doch nur ein wenig. „Mr. Yankee."

Der Kerl lachte leise. „Nicht Mister. Nur

Yankee. Du weißt schon, wie Bono."

Michelle nickte, dann blickte sie über ihre Schulter zu Nick. „Erklärst du mir, was hier vor sich geht?"

„Später. Wir müssen zuerst von hier weg." Er deutete auf Yankee. „Geh voraus."

Nick machte Anstalten, dem Kerl zu folgen, doch Michelle hielt ihn am Arm zurück. „Du vergisst etwas."

„Ich habe doch schon gesagt, dass ich dir alles später erkläre."

„Darum geht's nicht." Sie seufzte. „Aber wenn ich Smith nicht bald eine SMS mit der Aufnahme schicke, dann weiß er, dass etwas schief gelaufen ist und wird nach mir suchen. Ich muss sofort verschwinden oder er erwischt mich."

Nick erstarrte.

„Sie hat recht", sagte Yankee und wandte sich zurück zu ihnen.

Die zwei Männer tauschten einen Blick aus, dann fingen sie beide zu grinsen an.

„Na, dann lass uns diesem Smith mal etwas auftischen, das ihn eine Weile beschäftigt", sagte Nick.

„Ich wollte schon immer mal gern schauspielern", antwortete Yankee. „Soll ich einen Akzent vortäuschen? Ich kann ganz gut Kolumbianisch."

Nick verdrehte die Augen, während Yankee Michelles Handy aus seiner Tasche zog und durch die Apps navigierte.

Michelle beugte sich zu Nick und flüsterte in sein Ohr. „Vertraust du ihm? Er hat vorhin noch mit einer Pistole auf deinen Kopf gezielt."

„Genauso wie ich auf deinen. Trotzdem vertraust du mir."

„Das habe ich nicht behauptet."

Er wich etwas mit dem Kopf zurück, um ihr in die Augen zu sehen. „Du tust es aber." Er deutete mit dem Kinn zu Yankee. „Ich vertraue ihm genauso viel wie du im Moment mir. Das muss genügen."

„Hey, wenn ihr zwei Turteltauben mit dem aufhören könntet, was ihr gerade tut, dann könnten wir die Show hier starten."

Michelle nahm Abstand von Nick und spürte, wie sie in der Dunkelheit errötete. Sie waren keine Turteltauben, weit entfernt. Sie waren … Nun ja, sie wusste auch nicht wirklich, *was* sie waren. Ihr fiel kein passendes Wort dafür ein.

„Ich bin bereit", kündigte Nick an und ging auf Yankee zu.

18

Wenig später öffnete Yankee die Schiebetür auf der Beifahrerseite eines dunklen Vans. „Hüpft rein."

Nick sprang hinein und bot Michelle seine Hand an, um ihr zu helfen.

Yankee stieg ein und zog die Tür hinter sich zu. Er setzte sich auf die Bank gegenüber von Nick und Michelle. „Also, Fox, lass uns reden."

Michelle starrte Yankee an. „Fox? Wer ist Fox?"

„Er", sagte Yankee und zeigte auf Nick.

Michelle funkelte Nick an. „Fox? Also heißt du nicht Nick Young?"

„Ich erkläre es dir später." Im Augenblick gab es wichtigere Dinge zu besprechen.

Yankee schüttelte den Kopf. „Sie weiß nicht einmal deinen Codenamen? Ich dachte, sie ist deine Freundin. Bedeutet das, dass sie auch nichts von deinen Vorahnungen weiß?"

„Vorahnungen?", wiederholte Michelle.

Nick seufzte. „Na dann danke, Yankee. So verteilt man Neuigkeiten." Er drückte Michelle ermutigend die Hand; dies war nicht der richtige Augenblick, um lange Erklärungen über seine spezielle Gabe abzugeben.

„Du hast Vorahnungen?", fragte sie nochmals.

Nick nickte. „Ich bin nicht der Einzige. Yankee hat sie auch."

Yankee nickte. „Die Vorahnung von diesem Inferno, der Zerstörung, meiner Haut, wie sie von der starken Hitze schmilzt."

Nicks Kiefer verkrampfte sich. „Du bist dort, wo die Explosion stattfindet? Bin ich nicht."

„Wie?", fragte Yankee.

„Ich bin irgendwo an einem See, auf einer Terrasse irgendeiner riesigen Villa."

„Erzähl uns mehr", verlangte Yankee.

„Ich sitze vor meinem Computer. Jemand, den ich nicht sehen kann, reicht mir einen Eistee. Ich glaube, dass er vergiftet ist, denn sobald ich ihn trinke und versuche, etwas in den Computer einzugeben, sind meine Hände wie gelähmt. Ich kann es nicht tun. Ich kann es nicht stoppen. Ich bin hilflos. Auf dem Bildschirm kann ich die Explosion sehen. Dann trifft die Stoßwelle den See und katapultiert fünf Segelboote direkt aus dem Wasser heraus, verwandelt sie in Streichhölzer. Das ist alles, was ich sehen kann, bevor ich an die Hauswand geknallt werde."

„Segelboote auf einem See? Ich frage mich, ob das was bedeuten soll." Yankee rieb sich das Kinn. „Könnte ein Standort sein. Und die Person, die dir diesen Eistee gibt, der dich lähmt? Kannst du dich an irgendetwas von ihm erinnern ... oder ihr?"

Nick schüttelte den Kopf. „Ich sehe nur eine Hand. Es ist ein Mann, so viel kann ich erkennen."

„Irgendwelche Ringe, Narben?", hakte Yankee nach.

„Ich erinnere mich an keine."

„Nächstes Mal, wenn du die Vorahnung hast, konzentriere dich darauf. Wir müssen herausfinden, wer dahinter steckt. In meiner Vision sehe ich keinen Mann. Du bist möglicherweise die erste Person, die einen Blick auf unseren Feind erhascht hat."

„Nächstes Mal?", unterbrach Michelle und ihr Blick wanderte zwischen den beiden umher. „Ihr seid Hellseher?"

Yankee räusperte sich. „Ja, so ähnlich. Aber lasst uns nicht abschweifen. Da es klar ist, dass alle das Gleiche sehen, ist es wichtig, dass wir alle Stargate-Agenten wieder zusammenbringen. Nicht nur versuchen unsere Feinde, einen nach dem anderen von uns umzubringen, sie planen auch noch irgendetwas Großes. Wir müssen es verhindern. Unser Problem ist nur, dass wir nicht wissen, wo sich die anderen verstecken." Er deutete zu Nick. „Ich hatte Glück, dich zu finden."

„Ich arbeite schon seit einer Weile an einer

Lösung zu diesem Problem."

Yankee rutschte auf der Bank gegenüber Nick nach vorne. „Was für eine Lösung?"

„Sheppard hatte eine private Datei für alle seine Stargate-Agenten. Namen, Bilder, Hintergrundinformationen. Separat von den streng geheimen Personalakten der CIA – von denen ich vermute, dass sie bereits von unserem Feind zerstört wurden."

„Und Sheppards Datei? Glaubst du, dass sie noch existiert? Hätte nicht derjenige, der ihn ermordet hat, die auch zerstört?"

„Ich glaube nicht. Ich habe herausgefunden, dass Sheppard bei der CIA ein zweites Log-in verwendete. Das Problem ist, ich kann es nicht finden."

„Das verstehe ich nicht."

„Es ist nicht einfach, das zu erklären, aber ich habe digitale Spuren gefunden, dass jemand auf bestimmte Dateien zugegriffen hat, aber ich kann nicht verfolgen, wer das war. Am Ende führt es mich immer wieder zurück zu Sheppards altem Log-in, das schon vor langer Zeit deaktiviert wurde."

„Ein Ghost Log-in", warf Michelle ein.

Nick wirbelte seinen Kopf zu ihr. „Du weißt, wovon ich spreche?"

Sie nickte eifrig. „Ich habe schon von so etwas gehört." Sie sah zu Yankee. „Ich war ein Hacker. Jedenfalls habe ich gehört, dass Mitglieder von Anonymous solche Ghost Log-ins benutzt haben, um die echten Log-ins quasi zu kopieren – wie ein Spiegelbild. Aber wenn jemand zufällig darauf stößt und versucht, das Log-in zu verfolgen, führt es immer zurück zu dem echten Log-in der Person, dessen Log-in gespiegelt wurde. Es ist unmöglich, es zu verfolgen oder zu finden. Es kann nicht gehackt werden." Sie sah Nick in die Augen. „Warst du hinter diesem Log-in her, als du versucht hast, den Server zu hacken?"

Er nickte. „Ich versuchte, in die Logs des System-Administrators zu gelangen, um das Log-in zu suchen."

„Wenn es ein Ghost Log-in ist, dann hätte dir das nicht geholfen. Es ist nicht in den Logs."

„Scheiße!" Nick fuhr sich mit der Hand durchs Haar und warf Yankee einen bedauernden Blick zu. „Dann habe ich keine

Ahnung, wie ich an Sheppards Dateien rankommen soll. Tut mir leid. Das ist eine Sackgasse."

„Du sagst, du brauchst ein Log-in, richtig?"

Nick nickte. „Ja."

„Bevor seinem Tod gab Echo mir ein Armband zur Aufbewahrung. Versteck darin fand ich ein Stück Papier mit zwei Reihen von Buchstaben und Zahlen, scheinbar wahllos durcheinander. Ich konnte nichts damit anfangen, aber bevor Echo starb, trug er mir auf, dich zu finden und es dir zu geben. Er sagte, du würdest wissen, was du damit tun musst."

Yankee griff in seine Gesäßtasche, zog seine Brieftasche heraus und entnahm ihr ein Stück Papier. Er übergab es Nick. „Hier."

Nick betrachtete es. Michelle griff danach und hielt sich das Blatt Papier nahe an ihre Augen. Nick tauschte einen Blick mit ihr aus. „Was meinst du?"

„Hat die richtige Länge. Alle Log-ins haben ein Minimum von zehn Ziffern oder Buchstaben. Genauso wie die Passwörter."

„Können wir es versuchen?", fragte Yankee und klang dabei hoffnungsvoll.

„Können wir", sagte Nick und stützte eine Hand auf seinem Schenkel ab. „Die Sache ist nur, wenn das das Ghost Log-in ist, dann gibt es nur einen einzigen Ort, von dem aus es funktioniert: das CIA Hauptquartier." Er hatte schon immer gewusst, dass, sobald er Sheppards zweites Log-in fand, er nach Langley hinein müsste, um den Rest seines Planes hinter den Firewalls der CIA durchzuführen.

„Soll das bedeuten, dass wir in Langley einbrechen müssen?"

„Ich würde es nicht einbrechen nennen ..."

Yankee neigte seinen Kopf zur Seite und warf ihm einen zweifelnden Blick zu. „Wie würdest du es dann nennen? Selbstmord?"

„Es ist kein Selbstmord", versicherte Nick ihm. „Ich weiß, wie ich reinkomme. Ich habe Sheppards Zugangskarte."

„Was?" Yankees Augen weiteten sich.

„Nun ja, nicht seine tatsächliche Karte, aber alle Daten, die ich auf eine leere Karte aufprägen kann, damit ich nach Langley hineinkomme."

„Das ist dumm", unterbrach Yankee. „Und ich sage dir auch, warum: Die CIA hat doch bestimmt Sheppards Zugangskarte nach seinem Tod deaktiviert."

Nick grinste. „Ja, hätten sie bestimmt, aber sie konnten sie nicht finden, weil nach Sheppards Ermordung jemand seine Zugangskarte in ein verstecktes Archiv verfrachtet hat."

Yankees Kinnlade fiel herunter. „Du?"

„Ich. Weil der System-Administrator nicht wusste, wo die Daten dafür abgespeichert sind, konnte er sie nicht deaktivieren. Sheppards Zugangskarte ist immer noch dort. Und nur ich weiß, wo sie versteckt ist. Alles, was ich tun muss, ist, mich einzuhacken, die Daten zu kopieren, sie abändern und sie auf eine neue Karte übertragen. Ganz einfach."

„Wenn du sagst, abändern, was genau bedeutet das?", fragte Yankee neugierig.

Nick deutete auf sein Gesicht. „Ich werde Sheppards Foto in der Datei durch meines ersetzen müssen."

Yankee kratzte sich am Hals. „Und du bist dir sicher, dass du den Server hacken kannst?"

Nick sah Michelle an, die in fassungslosem Schweigen neben ihm saß. „Da die einzige Person, die in der Lage gewesen wäre, mich davon abzuhalten, jetzt auf unserer Seite steht, sehe ich kein Problem." Er drückte ihre Hand. „Stimmt's?"

„Kinderspiel", bestätigte Michelle und sah den anderen Stargate-Agenten an. „Außerdem werde ich ihm helfen."

„Gut, dann denke ich, wir sollten besprechen, was du tun willst, sobald du in Langley drinnen bist. Was soll ich machen? Ich fürchte, ich bin kein Computerfachmann, aber ich kann dir den Rücken freihalten." Er legte seine Hand auf seine Waffe und streichelte sie.

„Ich fürchte, dein kleiner Freund hier wird zu Hause bleiben müssen", sagte Nick und grinste. „Aber du kannst doch etwas für mich tun. Du kannst meine Augen und Ohren sein, während ich drinnen bin."

Nick wechselte einen Blick mit Michelle, die sofort nickte und verstand, was er meinte.

„Ich kann mich in das

Infrarotsicherheitssystem einlinken, damit wir deine Bewegungen nachverfolgen können", bestätigte Michelle.

Nick nickte. „Dann lasst uns die Sache mal organisieren."

19

Sie brauchten mehrere Stunden, bis alles arrangiert war. Dann setzte Yankee sie endlich vor einem heruntergekommenen Wohngebäude ab und schaute über seine Schulter.

„Ruht euch aus. Morgen wird ein harter Tag werden."

Nick nickte und nahm Michelle bei der Hand. Sie erhob sich von ihrem Sitz und erlaubte ihm, ihr aus dem Van zu helfen, bevor er die Tür zuschlug und auf ein Wohngebäude zusteuerte.

Michelle blieb stumm, während Nick die

Haustür aufschloss und sie zu seiner Wohnung hoch führte und hineinließ. Sie beobachtete, wie er den Riegel vorschob und die Kette vorlegte.

Sie wartete in der Mitte des Wohnzimmers auf ihn, die Arme über ihrer Brust verschränkt. Sie wollte jetzt endlich Antworten und in der Tat war sie über sich selbst überrascht, dass sie so lange gewartet hatte. Nun gut, möglicherweise hatte die Tatsache, dass Yankee etwas bedrohlich dreingeschaut hatte, zu ihrer unbeabsichtigten Geduld beigetragen. Oder möglicherweise hatte sie etwas länger gebraucht, um über den Schock hinwegzukommen, dass ihr heute eine Pistole an den Kopf gedrückt und sie in einen Schuppen eingesperrt worden war.

Nick sah sie mit seinen mit dunklen Wimpern umrahmten Augen prüfend an. „Wie geht es dir?"

„Lass mich mal überlegen. Wenn ich bedenke, dass du mir heute Abend gedroht hast, mich zu töten und dass dein neuer Freund mit seiner Waffe etwas übereifrig ist und dass ihr beide mit der CIA tief in der

Scheiße steckt, ganz zu schweigen von der Behauptung, dass ihr Hellseher seid, geht's mir ehrlich gesagt ausgezeichnet.“

Nick machte ein paar Schritte in ihre Richtung und seufzte. „Es tut mir leid, Michelle, aber was heute Abend geschah, war nicht geplant.“

„Das kann ich auch sehen. Denn du hattest ja geplant, mich zu benutzen.“

Er nickte, widerlegte nicht einmal ihre Behauptung. „Ja. Doch wie ich heute Abend schon einmal erklärte, war es nicht Teil meines Plans, mit dir zu schlafen.“ Er streckte seine Hand aus und streichelte mit seinen Fingerknöcheln ihre Wange.

Sie ließ es geschehen und die Berührung hatte eine ungewöhnlich beruhigende Wirkung auf sie. „Ich weiß, dass du es erklärt hast. Es ist nur schwer zu glauben, insbesondere da es so aussieht, als stünde für dich und deinen Freund einiges auf dem Spiel.“ Zu viel, als dass die Gefühle einer Frau berücksichtigt werden konnten. „Also warst du in der CIA? Ich bin sicher, die haben dir eingedrillt, dir deine Gefühle nicht bei einem Auftrag in die Quere kommen zu lassen."

„Sie haben es versucht. Aber es gibt Zeiten im Leben eines Mannes, da muss er seine eigenen Entscheidungen treffen. Und mit dir Liebe zu machen war nicht Teil meiner Mission." Er betrachtete angestrengt seine Füße. „Aber ich verstehe, wenn du das nicht glauben willst. Du kennst mich nicht."

Überrascht von seinem ruhigen Verhalten seufzte sie. „Nein, ich kenne dich nicht. Ich weiß nicht, was hier vor sich geht. Du hast versprochen, mir alles zu erklären. Also erkläre es. Was ist los? Du hast von Visionen gesprochen, war das alles nur eine Lüge?"

Er hob seinen Kopf. „Ich wünschte es wäre so. Aber es ist die Wahrheit. Für uns alle. Für alle Stargate-Mitglieder. Es hat unser Leben verändert. Es verbindet uns. Aber es macht uns auch zu einer Zielscheibe."

„Ich möchte es verstehen", sagte sie sanft. „Ich *muss* es verstehen."

„Ich habe dir versprochen, dir alles zu erklären, also tue ich das auch." Er nahm ihre

Hand und deutete auf die große Couchecke, die die Hälfte des Raumes einnahm.

Sie folgte ihm und setzte sich neben ihn.

„Was ich dir erzähle, darfst du nie jemandem offenbaren. Jeder, der davon weiß, stellt eine Bedrohung dar, nicht nur für uns, sondern auch für unsere Feinde."

Michelle nickte schnell. „Ich wüsste sowieso nicht, wem ich etwas verraten sollte. Ich bin alleine." Und sie wollte auf keinen Fall Aufmerksamkeit auf sich lenken, indem sie fantastische Geschichten erzählte. Wer würde ihr denn überhaupt glauben?

„Meine spezielle Gabe ... Ich sehe sie als genetischen Defekt an. Meines Wissens nach hat niemand in meiner Familie sie. Jedenfalls hat es nie jemand erwähnt. Nicht dass ich jemandem heute noch nahestehe. Meine Eltern sind geschieden und ich glaube, weder mein Vater noch meine Mutter wollten an ihre gescheiterte Ehe erinnert werden. Ich glaube, sie waren beide erleichtert, als ich sie immer weniger häufig besuchte und sie sich auf ihre neuen Familien konzentrieren konnten."

„Das ist eine Schande", warf Michelle ein.

Nick zuckte mit den Schultern, als machte es ihm nichts aus. „So ist es eben. Ich hatte bereits eine neue Familie, eine, die mich besser verstand. Ich arbeitete schon für die CIA, als Henry Sheppard mich rekrutierte. Zuerst dachte ich, er wollte mich wegen meiner IT-Fähigkeiten. Ich arbeitete ja in diesem Bereich in Langley, doch dann wurde mir klar, dass er wusste, dass ich über außersinnliche Wahrnehmungen verfüge. Er hatte bereits ein streng geheimes Programm innerhalb der CIA begonnen und andere wie mich angeworben und ausgebildet. Wir waren einzigartig. Aber Sheppard verstand uns. Er wusste, wie es war, mit solch einer speziellen Gabe, die man nicht abschalten konnte, geboren worden zu sein. Eine Gabe, die uns manchmal verfolgte."

„Die Visionen?"

„Sie kommen wie aus dem Nichts. Wie ein Film, der sich vor dem geistigen Auge abspielt. So echt, dass du denkst, es geschieht direkt vor dir." Er begegnete ihrem Blick. „Ich sah dich. An dem Tag, als du mich mit in deine Wohnung nahmst."

„Du sahst mich?"

„Du hast die Straße überquert, ohne nach links zu schauen. Das Taxi hat dich erwischt. Es schleuderte dich über das Dach und du landetest auf dem Asphalt dahinter. Du hast dich nicht bewegt." Er suchte ihre Augen. „Du hast es nicht überlebt, Michelle."

Ihr Atem verfing sich in ihrer Kehle und Panik stieg hoch. „Nein!" Sie schlug ihre Hand über ihren Mund.

Nick ergriff ihre Hände und zog sie in seinen Schoß. Mit seinen Daumen streichelte er ihre Handrücken. „Deshalb bin ich gelaufen, um dich zu erwischen, bevor du die Straße überqueren konntest. Deshalb war ich dort."

„Du hast mich sterben sehen?" Ihre Stimme war nur ein Flüstern.

Er gab ihre Hände frei und nahm ihr Gesicht in beide Hände. „Ich konnte es nicht geschehen lassen. Und als du mich zu dir in die Wohnung mitnahmst, um dich um meine Prellungen zu kümmern, wusste ich, dass ich nicht gehen konnte, ohne mit dir Liebe zu machen. Ich weiß, dass ich dir für den Eisbeutel hätte danken und gehen sollen, aber ich wusste, was beinahe geschehen wäre und konnte einfach meine Gefühle nicht unterdrücken. Ich musste dich spüren."

Tränen traten in ihre Augen. „Du hast wirklich mein Leben gerettet ..." Sie schniefte. „Aber warum hättest du mich dann beinahe heute Abend getötet?"

Er schloss einen kurzen Moment seine Augen. „Ich dachte, du wärest geschickt worden, um mich umzubringen. Michelle, die Stargate-Mitglieder werden gejagt. Jemand hat vor über drei Jahren unseren Führer ermordet und seither ist der Rest von uns auf der Flucht. Jemand ist uns auf den Fersen und wird uns umbringen, sobald er eine Gelegenheit dazu bekommt. Wer auch immer er ist, er will uns ausmerzen. Wir sind eine Gefahr für ihn. Und ich glaube, ich weiß auch, warum: Er plant etwas Großes."

„Diese Vorahnung, die mit dem Inferno", murmelte Michelle.

„Ja. Es ist ein Ereignis in der Zukunft. Und nur die Stargate-Mitglieder wissen, dass es geschehen wird. Wenn wir herausfinden können, was es ist, sind wir möglicherweise in der Lage, es zu verhindern. Und ich glaube, dass die Person, die Sheppard ermordet hat, sich dessen bewusst ist. Deshalb muss er dafür sorgen, dass wir alle sterben." Er fuhr mit der Hand durch ihr Haar. „Als du heute Abend bei dem Treffen aufgetaucht bist, dachte ich, dass du der Auftragskiller wärst. Ich hatte schon erraten, dass du für meine Feinde arbeitest. Ich war mir nur nicht sicher, ob deine Sachkenntnisse über die Datenverarbeitung hinausgingen."

„Du glaubst also, dass Smith der Mann ist, der Sheppard umgebracht hat?"

„Da wir keine anderen Spuren haben, muss ich das annehmen. Selbst wenn er es nicht ist, dann ist er zumindest mit demjenigen verbunden, der uns den Tod wünscht. Er hat dich angeheuert, damit du mich aus den Servern der CIA heraushältst. Er weiß, dass ich versuche, an die Dateien zu gelangen, um die Stargate-Agenten wiederaufzuerstehen zu lassen. Deshalb hat er dich benutzt, um mir den Zugang zu verweigern. Aber ich muss an diese Dateien ran. Mit ihnen haben wir eine bessere Chance, die anderen zu finden."

„Glaubst du nicht, dass er die gleichen Dateien benutzt, um euch zu finden?"

„Das tut er vermutlich bereits. Wir müssen schneller sein oder er bringt einen nach dem anderen von uns um."

Michelle zitterte. „Wir dürfen nicht zulassen, dass das geschieht."

Er lächelte plötzlich. „Wir?"

„Ja, wir sind jetzt ein Team, oder? Oder hattest du geplant, wieder eine Waffe auf mich zu richten?"

Er schmunzelte. „Nicht diese Art von Waffe."

Michelle holte Luft und schnaubte empört. „Oh mein Gott, ich kann nicht glauben, dass du das gerade gesagt hast. Was ist nur mit euch Männern los? Wann denkt ihr mal nicht an Sex?"

Nick zwinkerte ihr zu. „Ich lasse es dich wissen, sobald mir das mal passiert."

20

Bevor Michelle ihm etwas an den Kopf werfen konnte, zog Nick sie in seine Arme und machte sie damit bewegungsunfähig.

„Ich kann mir mit dir nicht helfen", bekannte er. „Ich bin normalerweise nicht so draufgängerisch, wenn es um Frauen geht. Ich bin eher ein schüchterner Kerl aus –"

„Ja, ja, aus Indiana", unterbrach sie ihn und verdrehte ihre Augen. „Wie wär's, wenn du dieses Schauspiel aufgibst und mir zeigst, wer du wirklich bist? Verdiene ich das nicht, nachdem du mich heute Abend beinahe erschossen hättest?"

„Ich habe dich nicht beinahe erschossen.“

„Eine Pistole an die Schläfe gedrückt zu bekommen, deutet auf etwas anderes hin.“

„Das wirst du mir nie vergeben, oder?“

„Nicht solange ich es als Druckmittel verwenden kann“, gab sie zu.

„Ich gebe auf. Was willst du?“

Sie hob ihr Kinn an. „Dich. Den wirklichen Mann. Nur für heute Nacht. Ich will, dass du mir zeigst, was hinter dieser Fassade liegt.“

„Ich glaube, du wirst enttäuscht sein. Der Mann hinter dem Geheimagenten ist nicht sehr interessant. Nur ein normaler Kerl mit einer nicht-so-normalen Gabe. Das ist alles.“

Michelle schenkte ihm ein wissendes Lächeln. „Vielleicht finde ich gerade das interessant: einen normalen Kerl. Mein Leben ist verrückt genug. Ich möchte nur eine Nacht lang vortäuschen, dass ich ein normales Leben mit einem normalen Kerl habe und vergessen, dass die Regierung hinter uns beiden her ist.“

„Nur für eine Nacht?“

„Das ist alles, was ich brauche.“

Er sah ihr in die Augen und suchte in den blauen Tiefen nach mehr. Wollte sie wirklich nur eine Nacht? Und was wollte er? Würde er sich mit einer Nacht zufriedengeben können, wo er doch wusste, dass auf mehr zu hoffen, dumm war?

„Und danach?", hörte er sich fragen.

Sie schaute zur Seite und mied seinen Blick. Er drängte sie nicht, ihn wieder anzusehen oder ihm zu sagen, was sie wirklich wollte, denn instinktiv wusste er, dass er es ihr nicht geben könnte. „Lass uns nicht an morgen denken."

„Na gut." Er hob sie in seine Arme und stand auf. „Lass uns ins Bett gehen."

Sie verschränkte ihre Hände hinter seinem Nacken, als er sie in sein Schlafzimmer trug. Nick legte den Lichtschalter um und die Nachttischlampen tauchten den Raum in ein weiches Licht.

„Tut mir leid, dass es hier so unordentlich ist. Ich habe normalerweise keine Besucher."

Er stellte sie auf ihre Füße.

„Das ist mir egal. Ich hoffe nur, dass du Kondome hast."

Er deutete zum Nachttisch. „Genügend.

Deswegen musst du dich nicht sorgen." Er fing eine Locke ihres Haares ein und wickelte sie um seinen Zeigefinger. „Du solltest dich eher darum sorgen, wie wund du dich morgen fühlen wirst."

Michelle zog seinen Kopf zu ihrem Gesicht hinab. „Mach keine Versprechen, die du nicht halten kannst."

„Ist das eine Herausforderung?"

„Was, wenn es das ist?"

„Dann fürchte ich, dass dieser *normale Kerl* hier auf seine Geheimagentenfähigkeiten zurückgreifen muss, um dir zu zeigen, dass sich über ihn lustig zu machen dich nur in Schwierigkeiten bringen wird."

Sie schmollte. „Aber ich *bin* doch bereits in Schwierigkeiten."

„Diese Schwierigkeiten sind ganz anders." Er griff nach ihrem langärmligen T-Shirt und zog es ihr über den Kopf. „Diese Art von Schwierigkeiten genießt man am besten nackt."

Ihre Jeans landeten einen Moment später auf dem Boden, ebenso wie ihre Schuhe und

Socken. In ihrem schwarzen BH und dem dazu passenden Tanga sah sie unwahrscheinlich sexy aus.

„Gilt die Regel in Sachen Nacktheit auch für dich?", raunte sie.

Nick entledigte sich bereits seines Hemdes. Der Rest seiner Kleidung gesellte sich Sekunden später zu seinem Hemd, bis er nackt vor ihr stand. Er hatte sich seines Körpers wegen noch nie geniert, aber so wie Michelle nun ihre Augen über ihn schweifen ließ, wurde er sich seiner Nacktheit bewusster, als er es jemals gewesen war. Ihr Blick wanderte über ihn, bis er an seiner Leiste hängenblieb.

Er nahm seinen völlig aufrecht stehenden Schwanz in seine Hand und drückte ihn, bevor er von der Spitze bis zur Wurzel strich. Als sie ihre Lippen leckte, stöhnte Nick unwillkürlich, seine Augen auf ihre üppigen Lippen gerichtet.

Ihr Blick schoss zu seinem Gesicht.

„Strippe für mich", verlangte er, seine Stimme rau von der Erregung, die nun seinen Körper beherrschte. Als Michelle die Arme an ihren Rücken führte, stoppte er sie. „Nimm dir Zeit damit. Ich sehe gerne zu."

Sie lächelte sündhaft. „Das ist also der echte Nick. Nicht der schüchterne Junge aus Indiana, sondern der unersättliche Voyeur."

„Nichts ist falsch an ein bisschen Voyeurismus am richtigen Ort." Er deutete mit dem Kinn in ihre Richtung. „Es hat mir gefallen, dich im Spiegel zu beobachten, als ich dich gestern Nacht nahm. Nenn es Voyeurismus, wenn du willst. Aber jetzt –" Er zeigte auf ihren BH. „– stripp, Baby, oder ich muss dich vielleicht noch mal über das Waschbecken beugen, um zu bekommen, was mich anmacht."

Nick bemerkte den sichtbaren Schauer, der durch ihren Körper lief und die Gänsehaut, die dem folgte. Er konnte ein Lächeln nicht unterdrücken. Ja, Michelle hatte ihr kleines Intermezzo im Badezimmer außerordentlich genossen. Nun daran zu denken, machte ihn nur noch heißer und seinen bereits steifen Schwanz nur noch härter.

Schließlich kam Michelle seiner Bitte nach

und strich langsam mit beiden Händen ihren Oberkörper hinauf zu ihren Brüsten. Sie schob ihre Finger unter die Träger ihres BHs und streifte sie von ihren Schultern. Das seidige Gewebe, das ihre Gipfel bedeckte, begann hinabzugleiten, fing sich jedoch an ihren harten Nippeln und wurde so daran gehindert, ganz nach unten zu rutschen. Mit einem koketten Blick wanderten Michelles Finger zu ihren Brüsten, schoben sich unter die dünnen Schalen und drückten diese weiter nach unten. Jetzt waren ihre Nippel unter ihren Händen verborgen.

Nick streichelte seinen Schwanz härter. „Drück sie.“

Wie ein gutes Mädchen tat sie, wie er ihr befahl. Dann rollte sie ihre Nippel zwischen Daumen und Zeigefinger.

Der erotische Anblick zwang ein Stöhnen aus seiner Brust und einen Tropfen Feuchtigkeit aus seiner Schwanzspitze. „Zieh ihn aus“, knurrte er.

Langsam brachte sie ihre Hände hinter ihren Rücken, um den Verschluss zu öffnen.

Diese Bewegung drückte ihre Brüste in seine Richtung, als böte sie sie ihm an. Er war nicht imstande, länger zu widerstehen und verringerte den Abstand zwischen ihnen mit einem Schritt.

Seine Hände waren in dem Moment auf ihren Brüsten, als der BH zu Boden fiel. Sie fühlten sich warm und fest an. Er drückte sie leicht, doch das Gefühl ihres köstlichen Fleisches in seinen Händen war fast zu viel. Er senkte seinen Kopf und leckte zuerst über eine, dann über die andere Spitze.

„Was ist mit meinem Tanga?", fragte sie mit einem Hauch Unschuld in der Stimme.

„Ich kümmere mich darum."

Seine Lippen fingen eine harte Spitze ein und er sog so viel von ihrer Brust in seinen Mund, wie er konnte. Seine rechte Hand ließ er währenddessen ihren Oberkörper hinabgleiten, bis seine Finger gegen den Spitzenbund ihres Slips stießen. Ohne zu stoppen, tauchte er darunter und machte sich wieder mit ihrem Geschlecht vertraut.

Seine linke Hand ergriff ihr Bein und hob es

an, um es gegen seinen Oberschenkel zu drücken. Michelles Arme legten sich um ihn, um ihr Gleichgewicht zu halten, während seine Finger bereits damit beschäftigt waren, tiefer zu gleiten.

Ihre Spalte war feucht und warm. Ihre Säfte benetzten seine Finger und der Duft ihrer Erregung begann, sich in seinem Schlafzimmer zu verbreiten. Er hob seinen Kopf von ihren Brüsten.

„Was für ein schlimmes Mädchen. Schau, du bist ja schon ganz feucht und ich habe noch nicht einmal angefangen."

Unter halb geschlossenen Lidern sah sie ihn an. „Dann fang doch an."

„Mach ich." Er stellte ihr Bein wieder ab, dann benutzte er beide Hände, um ihren Tanga abzustreifen. „Leg dich aufs Bett."

Ohne seine Augen von ihm zu nehmen, trat sie zurück und legte sich mit katzenähnlicher Anmut auf die Daunendecke. Sie winkelte ein Bein an, um ihm eine Sicht auf ihr Geschlecht zu gewähren, als bräuchte er so eine offensichtliche Einladung.

Nick folgte ihr auf das Bett und drückte ihre Beine weiter auseinander, um sich Platz zu schaffen. „Hat es dir gefallen, wie ich dich geleckt habe?"

Ihre Augen weiteten sich und zarte Röte färbte ihre Wangen. „Das weißt du doch."

„Dann sollten wir vielleicht damit beginnen", schlug er vor und senkte seinen Kopf zu ihrer Muschi und drückte seine Lippen auf ihr warmes, feuchtes Fleisch. Seine Zunge teilte ihre Schamlippen und leckte ihre Säfte auf.

Unter ihm erbebte Michelle und der Stolz darüber, dass er ihr diese Art von Vergnügen bescheren konnte, ließ seine Brust anschwellen. Er wollte, dass sie die Angst, die sie in den letzten paar Stunden verspürt hatte, vergaß und wollte ihr zeigen, dass er nicht nur Gefahr und Bedrohung in ihr Leben brachte, sondern ihr auch Leidenschaft und Vergnügen bescheren konnte.

Als sie eine Hand auf seinen Hinterkopf legte und seine Kopfhaut streichelte, raste ein Schauer durch seinen Körper und sandte eine

Flamme aus heißer Lust in seine Leiste. Er stöhnte in ihr Fleisch und ließ sie dadurch wissen, wie sehr ihre Berührung ihn erregte und ihr Geschmack den Wunsch nach mehr hervorrief.

„Oh Nick", murmelte sie mit einem rauen Atemzug, während sie ihm ihre Hüften entgegen schob.

Ihre Worte und Handlungen trieben ihn an, sie noch intensiver zu lecken. Jedes Stöhnen, das sie von sich gab, jede Bewegung ihres Körpers, steigerte seine Erregung, der schönen Frau in seinen Armen, in seinem Bett, Vergnügen zu bereiten. Denn sie vertraute ihm jetzt, vertraute ihm mit ihrem Körper, und vielleicht, eines Tages, könnte sie ihm auch mit ihrem Herzen vertrauen. Aber er wusste, dass er sich dieses Vertrauen erarbeiten musste.

Eine Veränderung an Michelles Atmung verriet ihm, dass sie kurz vor ihrem Höhepunkt stand. Ein heftiges, besitzergreifendes Gefühl überkam ihn bei dem Wissen, dass er es war, der sie zu solchen Höhen brachte. Und der Gedanke, dass es andere Männer nach ihm geben würde, ließ ihn ein Knurren ausstoßen, obwohl er kein Recht hatte, so zu denken. Er hatte Michelle nichts zu bieten; nichts außer einem Leben auf der Flucht.

Michelle wand sich stöhnend in den Laken, ihre Hände krallten sich so sehr in die Bettdecke, dass ihre Knöchel weiß wurden, so, als hinge ihr Leben davon ab.

Er legte seine Lippen um ihren Lustknopf und sog das kleine Organ in seinen Mund und drückte fest zusammen, während er ihre Schamlippen mit seinem feuchten Finger neckte.

Ihr Körper explodierte mit einem Stöhnen und sein Finger fuhr in ihre zuckende Scheide. Er spürte, wie sich ihre Muskeln fest um ihn klammerten und ihn in ihrer Wärme gefangen hielten. Welle nach Welle durchfuhr ihren Körper, als ihr Orgasmus sie davontrug und er fortfuhr, über ihre Klitoris zu lecken und noch mehr Vergnügen von ihrem Körper zu fordern.

Als sie mit einem zufriedenen Seufzer zurück in die Laken sackte, hob Nick seinen Kopf.

Michelle war wunderschön. Ihr Gesicht war gerötet, ihr Körper glitzerte, ihre Nippel waren hart und so verdammt verführerisch. Ihre Augen waren halb geschlossen, aber sie sah ihn an, ein weiches Lächeln auf ihren Lippen.

Ohne ein Wort beugte er sich zum Nachttisch und holte ein Kondom aus der Schublade. Er rollte es über seinen schmerzenden Schwanz und brachte sich zwischen ihren Schenkeln in Position.

Ihre Blicke verschmolzen und er führte seine Erektion zu ihrem feuchten Geschlecht und stupste leicht an ihre Schamlippen. In Zeitlupe drang er in sie ein und spürte, wie sich die Wände ihre Scheide in einer liebevollen Liebkosung um ihn schlangen.

Michelle hob ihre Beine, legte sie um seine Schenkel und zog ihn zu sich. „Das ist gut", murmelte sie.

„Ja." Und er könnte es sogar noch besser machen, nicht, indem er sie schnell und hart nahm, sondern indem er sich heute Nacht Zeit ließ. Sie langsam und zärtlich liebte. Als hätten sie alle Zeit der Welt.

Er stützte sich auf seinen Ellbogen und Knien ab und vergewisserte sich, sie nicht unter seinem Gewicht zu zerquetschen. Er strich ihr eine verirrte Haarsträhne aus dem Gesicht. Langsam zog er seine Hüften zurück und ließ seinen Schwanz aus ihr gleiten, bis nur noch die Spitze in ihr war, bevor er behutsam wieder in sie eintauchte.

„Ich möchte die ganze Nacht mit dir Liebe machen." Er strich seine Lippen über ihre und ließ sie ihren eigenen Geschmack kosten, während er ihr Gesicht mit seinen Fingerkuppen streichelte. „Ich möchte, dass du weißt, dass ich dir nie wehtun würde."

Ihre Wimpern flatterten und sie sah ihm tief in die Augen. „Das weiß ich jetzt."

„Egal was morgen geschieht, ich möchte, dass du dich immer an heute Nacht erinnerst. Ich will, dass du weißt, dass ich dir so viel mehr als nur eine Nacht geben würde, wenn ich das könnte."

Sie öffnete ihren Mund, um zu protestieren, aber er legte einen Finger auf ihre Lippen.

„Du verdienst so viel mehr."

Er nahm ihre Lippen gefangen und küsste sie, ließ all die Dinge in den Kuss fließen, die er nicht sagen konnte. Dabei bewegten sich seine Hüften in einem steten Rhythmus, sein

Schwanz drang gemächlich in sie ein und zog sich wieder zurück. Denn heute Nacht war es kein Rennen zur Ziellinie, es war eine Reise der Lust. Die heutige Nacht war für Michelle.

Sein Körper erhitzte sich und Schweiß breitete sich auf seiner Haut aus. Das machte den Kontakt von Haut auf Haut noch sanfter, noch sinnlicher.

Die Wärme, die aus Michelles Augen strömte, während sie ihn ansah, erfüllte sein Herz mit Hoffnung. Ihre Hände waren auf ihm und sie erforschte ihn, streichelte ihn. Sein gesamter Körper erwachte mit Bewusstsein, während die wachsende Erregung in ihm seinen Herzschlag zum Trommeln brachte und sein Blut wie eine Lokomotive durch seine Adern rasen ließ.

Obwohl er noch nicht kommen wollte, ließ ihm sein Körper in dieser Angelegenheit keine Wahl. Mit Michelle auf solch intime Art verbunden zu sein, ließ ihn auf das Unvermeidliche zustürzen. Einen Tsunami hätte er genauso wenig aufhalten können.

Als der erste Bolzen des Vergnügens in seinen Schwanz fuhr, versuchte er, ihn zurückzuhalten, aber die Welle war bereits am Erklimmen und überrumpelte ihn. Heißer Samen explodierte von seiner Schwanzspitze und sein Körper zuckte. Sein Schaft stieß mit einer Härte in Michelles weiches Inneres, die ihn befürchten ließ, dass er ihr wehtun könnte.

Doch als ihre Augen ineinander verschmolzen, sah er das Vergnügen in ihren blauen Tiefen. Dann erstarrte ihr Köper für einen Sekundenbruchteil und ein sichtbarer Schauer durchfuhr sie und ihre inneren Muskeln verkrampften sich um ihn.

Ihr Schrei der Erlösung drang tief in ihn ein, entflammte ihn erneut und sandte eine weitere intensive Welle des Vergnügens durch ihn.

Schweratmend sackte er zusammen und schaffte es gerade noch, sich auf seinen Ellbogen abzustützen. Seine Knie schlotterten. Michelles Brustkorb hob und senkte sich und er rollte sich von ihr ab.

Er wandte seinen Kopf zur Seite und sah sie an, unfähig, ein Wort herauszubringen. Er griff nach ihrer Hand, verflocht seine Finger mit ihren.

Stumm starrte sie auf ihre verbundenen Hände. Es war der Augenblick, in dem ihm bewusst wurde, dass Michelle gehen zu lassen die schwierigste Sache seines Lebens sein würde.

21

„Du hast dich aber rausgeputzt", sagte Michelle mit Blick auf Nicks marineblauen Anzug.

Sie standen am Straßenrand nur zwei Meilen entfernt von dem CIA Hauptquartier in Langley, Virginia. Sie waren mit drei Autos angekommen: dem Van, den Yankee gefahren hatte, einem unauffälligen Toyota Corolla und einem grauen Buick. Zuerst hatte Michelle nicht verstanden, warum sie so viele Autos brauchten, doch Yankee hatte erklärt, dass Nick alleine zum CIA-Parkplatz fahren musste, da er der Einzige war, der mit seiner CIA-Zugangskarte ein Auto durch die Absperrung fahren konnte. Sie und Yankee würden in einem sicheren Abstand warten müssen. Sobald Nick zurück war, würde er das Auto zurücklassen, das er benutzt hatte, um in die CIA zu gelangen, und sollte ihnen jemand folgen, müssten sie möglicherweise die Autos wechseln. Deshalb brauchten sie den Buick.

Nick zerrte an seiner Krawatte. „In Langley ziehen sich die Leute ziemlich formell an. Ich möchte nicht wie ein bunter Hund auffallen.“

„Keine Sorge, du siehst sehr angepasst aus“, sagte Yankee.

Michelle musste besorgt dreingeschaut haben, denn Nick nahm ihre Hand und drückte sie beruhigend. „Ich bin dort schon viele Male gewesen. Ich kenne mich dort drinnen aus.“

„Was, wenn dich jemand erkennt?“, fragte sie.

„Selbst wenn mich jemand erkennt, schwirren dort so viele Geheimagenten herum, dass mir niemand irgendwelche Fragen stellen wird. So läuft das dort. Stimmt's, Yankee?“

Der andere Stargate-Agent nickte mit

einem Grunzen. „Ja, sicher. Obwohl es nicht ohne Risiko ist." Er deutete auf die Zugangskarte, die Nick an seine Brusttasche gesteckt hatte. „Damit kommst du hinein, aber du weißt so gut wie ich, dass der Code, der in Sheppards Karte eingebettet ist, alle möglichen Alarme auslösen wird. Und sobald die richtige Person das sieht, ist das Spiel aus."

Michelle fühlte sich, als hätte ihr gerade jemand die Luft abgeschnürt. „Was?" Sie funkelte Nick an. „Warum hast du mir das nicht gesagt? Ich dachte, dass niemand von der Zugangskarte wusste."

„Das war der Fall, während die Karte noch in dem geheimen Archiv versteckt war, aber in dem Moment, als ich sie für mich aktivierte, wurde sie für jeden sichtbar, der sich die Mühe macht, danach Ausschau zu halten." Er zuckte mit den Schultern. „Mach dir keine Sorgen darüber. Hier geht es genauso bürokratisch zu wie überall sonst. Die System-Administratoren, die für die CIA arbeiten, sind genauso überarbeitet und unterbezahlt wie alle anderen. Sie haben nicht die Zeit, jeder einzelnen Unstimmigkeit nachzujagen."

Sie glaubte ihm nicht. Die Art und Weise, wie er ihren Blick vermied, bestätigte ihr, dass ihm das auch bewusst war.

„Ich habe mindestens eine Stunde, bevor sie herausfinden, dass die Zugangskarte gefälscht ist", versuchte Nick, sie zu beschwichtigen.

„Höchstens", warf Yankee ein.

Nick warf ihm einen Seitenblick zu. „Du hilfst mir mit so einer Bemerkung nicht."

„Wenn du damit meinst, dass ich dir nicht dabei Rückendeckung gebe, wenn du deine Freundin anlügst, ja, dann hast du recht, dabei helfe ich dir nicht. Ich war mir nicht bewusst, dass das von mir erwartet wird."

Michelle beugte sich näher zu Nick. „Ich dachte nach gestern Nacht ..." Sie zögerte und suchte Nicks Augen. „Ich dachte, dass wir von jetzt an ehrlich miteinander wären."

Er strich seine Fingerknöchel über ihre Wange. „Das sind wir auch. Aber ich will nicht, dass du dir um mich Sorgen machst. Vertrau mir, ich schaffe das. Ich arbeitete jahrelang als

IT-Analytiker in Langley. Ich weiß, wie die Sachen dort laufen."

„Das hast du vorher nicht erwähnt", unterbrach Yankee.

Nick zuckte mit den Schultern. „Wie, glaubst du, habe ich es damals geschafft, Sheppards Zugangskarte zu verstecken? In dem Moment, als ich seinen SOS-Ruf erhielt, habe ich alles getan, um mir eine Hintertür offen zu lassen. Ich wusste, dass ich eines Tages wieder dort hinein musste. Aber dann musste ich fliehen, wie du auch. Das war alles, was ich in den wenigen Minuten, die mir blieben, tun konnte." Er sah wieder Michelle an. „Ich bin in kürzester Zeit wieder da. Du wirst kaum Zeit zum Blinzeln haben."

Trotz seiner beruhigenden Erklärung wollten sich ihre Zweifel nicht verdrängen lassen. „Bist du sicher?"

„Absolut. Also –"

Das sanfte Pingen von Michelles Wegwerfhandy unterbrach ihn.

Sie zog es aus ihrer Tasche, wobei ihr das Herz bis zum Hals pochte. Nur eine einzige

Person kannte diese Nummer und würde so mit ihr in Verbindung treten: Mr. Smith.

Bevor sie nachsehen konnte, nahm Nick das Handy aus ihren Händen und las die SMS. Sorgenlinien bildeten sich dabei auf seiner Stirn und um seine Augen und seinen Mund.

„Verdammt schlechtes Timing", fluchte Nick und tauschte einen Blick mit Yankee aus.

Michelle nahm ihm das Telefon weg und las die Mitteilung. *Jetzt* wollte Smith sich mit ihr treffen? Verdammt noch mal. „In zwei Stunden? Das gibt uns nicht genug Zeit, ihm eine Falle zu stellen." Sie sah Nick an. „Wir müssen sofort los. Du musst zu einem anderen Zeitpunkt nach Langley hinein."

Nick schüttelte den Kopf. „Das geht nicht. Die Zugangskarte ist bereits aktiviert. Morgen, zum Teufel, schon heute Nachmittag werden sie sie als gefälscht entdeckt haben und nehmen mich in dem Moment fest, in dem ich einen Fuß in das Gebäude setze. Es muss jetzt oder nie sein."

„Mist, Mist, Mist!", fluchte Michelle. Dann gab es nur eine Lösung. Und so sehr sie diese auch hasste, sie wusste, dass es ihre einzige Chance war. „Wir müssen uns trennen.“

„Kommt verdammt noch mal nicht in Frage!“, rief Nick aus.

„Hör mir zu –“

„Michelle, du triffst ihn nicht alleine. Das ist Selbstmord.“

„Ich habe nicht die Absicht, ihn alleine zu treffen. Aber jemand muss hingehen und die Überwachung aufstellen.“ Sie zeigte auf die Textnachricht. „Er möchte mich auf der Insel, auf der der Lady Bird Johnson Park ist, treffen. Ich kenne die. Sie ist gegenüber dem Pentagon. Der Boundary Channel trennt die Insel davon.“

„Der Boundary Channel?“, fragte Yankee.

„Eine Wasserstraße, die mit dem Potomac zusammenkommt“, erklärte sie und wandte sich wieder an Nick. „Es gibt nur zwei Möglichkeiten, auf die Insel zu gelangen: über den George Washington Memorial Parkway oder mit einem Boot. An der Südspitze der Insel liegt der Columbia Island Jachthafen.“

„Was hast du vor?“, fragte Nick.

„Jemand muss elektronische

Überwachungsgeräte aufstellen, falls er uns durch die Finger geht. Wir müssen in der Lage sein, ihm folgen zu können, egal ob er die Insel mit dem Auto oder mit dem Boot verlässt. Und ich bin die einzige Person, die die Fachkenntnisse hat, das zu tun."

„Yankee kann das genauso", protestierte Nick und sah Yankee um Unterstützung bittend an.

„Er hat recht. Ich kenne mich aus." Yankee sah beleidigt drein.

Michelle sah ihn finster an. „Ich kenne mich besser aus. Außerdem braucht Nick dich hier. Wenn etwas schief geht, musst du ihn rausholen."

Sie konnte sehen, wie Nick mit seiner Entscheidung kämpfte.

„Das gefällt mir ganz und gar nicht."

Michelle seufzte. „Das verstehe ich. Aber ich kann schnell arbeiten. Ich werde längst fertig sein, bevor Smith überhaupt auftaucht. Bis dahin hast du Langley wieder verlassen und wir können uns in Arlington treffen und dann zusammen Smith überraschen. Das ist die beste Lösung."

Nick tauschte einen Blick mit Yankee aus. Sein Freund nickte nach einigen Sekunden.

„Sie hat recht, Mann. Die Zeit läuft uns davon."

Nick nahm Michelles Hände in seine. „Du gehst hin, stellst die Kameras auf und verschwindest. Verstehst du mich? Du hältst dich dort keine Sekunde länger auf als nötig. Wenn du nicht in genau einer Stunde an der Arlington U-Bahnstation bist, werde ich dir deinen Hintern versohlen, wenn ich dich erwische. Ist das klar?"

Sie nickte und ihr Herz schlug bei seiner leidenschaftlichen Drohung schneller.

„Vergewissere dich, dass Yankee dich erreichen kann, während ich in Langley bin. Hast du noch ein anderes Handy bei dir?"

Michelle schüttelte den Kopf. „Nur das Wegwerfhandy von Smith."

Nick wechselte einen Blick mit Yankee, der mit einem Kopfnicken bestätigte: „Ich habe ein übriges."

Nick nickte zustimmend und sagte dann: „Nimm den Van. In ihm findest du die ganze Ausrüstung, die du brauchst." Er wandte sich an Yankee. „Ich nehme den Toyota. Yankee, warte mit dem Kommunikationssystem im Buick, damit du mir den Rücken freihalten kannst, wenn ich drinnen bin."

Als Nick sich wieder zu ihr wandte, war sein Blick erhitzt. Er zog sie in seine Arme, küsste sie stürmisch und ließ dann genauso unerwartet von ihr ab.

22

Nick atmete erleichtert auf, als ihm der Sicherheitsbeamte am Tor zum CIA Gelände seine Zugangskarte zurückgab und die Schranke hob, um ihn durchzulassen. Er drückte seinen Fuß auf das Gas, beschleunigte den Toyota und fuhr die lange, an beiden Seiten von Bäumen und Büschen gesäumte, Auffahrt entlang.

Der gesamte Langley-Campus war von dichtem Wald umgeben und wie eine Insel darin eingebettet. Mehrere große Parkplätze – alle oberirdisch – umgaben das große Gebäude oder eher *die* Gebäude, denn der

CIA-Hauptsitz bestand in Wirklichkeit aus drei verschiedenen miteinander verbundenen Bauten. War man erst einmal im Inneren, konnte man von dort zu jedem Teil der Anlage gelangen, vorausgesetzt, man hatte die entsprechende Zugangsberechtigung.

Der Innenhof war zum Teil durch eine enorme zeltähnliche Überdachung vor Regen geschützt, während andere Bereiche offen waren und mit etwas Grünfläche die Angestellten inmitten der Beton-und-Glas-Struktur zum Entspannen einluden.

Nick fuhr zum Parkplatz, der dem Haupteingang am nächsten lag. Falls etwas schiefging, würde er schnell zu seinem Auto gelangen müssen, um den CIA-Campus zu verlassen, bevor sie ihn abschotteten. Es war noch früh am Morgen. Viele der Angestellten kamen gerade erst an. Das hatte er zeitlich so geplant, da er wusste, dass die Chance, unbemerkt das Gebäude zu betreten, größer war, wenn viel los war. Und am Morgen beschäftigte sich jeder noch zu sehr mit seiner ersten Tasse Kaffee und war noch nicht wach genug, um auf andere zu achten.

Nick stieg aus dem Auto und schloss es ab, dann ging er ruhig Richtung Eingang. Aus den Augenwinkeln sah er Männer und Frauen, die es ihm gleichtaten. Einige hielten Pappbecher mit Kaffee in der Hand, andere trugen Aktenkoffer, manche auch beides. Die meisten waren in Anzüge oder Kostüme gekleidet.

Drei Jahre lang hatte Nick auf diese Gelegenheit gewartet, und jetzt war sie endlich hier. Ganz selbstverständlich, als würde er noch hierhergehören, schritt er durch die Glastüren und betrat die Eingangshalle aus weißem und grauem Marmor und Granit. Nichts hatte sich geändert. Jenseits einer Reihe von Drehkreuzen war das Emblem der CIA in die weißgrauen Granitfliesen am Boden eingelassen.

Er stellte sich bei einem der Drehkreuze an und wartete, bis er an der Reihe war. Die Person vor ihm marschierte schnell durch und er zog hinter ihr seine Zugangskarte durch den Kartenleser.

Der plötzliche schrille Signalton wurde von rotem blitzenden Licht an seinem Drehkreuz begleitet.

Sein Adrenalinspiegel schoss in die Höhe.

Scheiße!

Ein Sicherheitsbeamter kam auf ihn zu und warf einen Blick auf seinen Ausweis. „Tut mir leid, Sir, wir haben heute schon den ganzen Morgen Probleme mit diesem Drehkreuz, wenn die Leute zu schnell durchkommen. Versuchen Sie es bitte nochmals."

Nick zwang ein Lächeln auf sein Gesicht und nickte. „Kein Problem."

Das Herz schlug ihm bis zum Hals, als er die Zugangskarte erneut durch den Kartenleser zog. Dieses Mal gab es grünes Licht für ihn.

„Bitte gehen Sie durch, Sir", sagte der Sicherheitsbeamte mit einer einladenden Handbewegung. „Alles in Ordnung. Einen schönen Tag noch."

„Ihnen auch."

Erleichtert schlüpfte Nick durch das Drehkreuz und durchquerte die Eingangshalle. Schweiß rann von seinem Hals unter den Kragen seines gestärkten Hemdes. Noch so eine Situation, und er würde mit dreiunddreißig einen Herzinfarkt bekommen.

Nick ließ seinen Blick umherschweifen und versuchte, sich auf die Aufgabe, die vor ihm lag, zu konzentrieren. Er kannte sich noch gut aus, obwohl er das letzte Mal vor über drei Jahren hier in Langley gewesen war. Das Labyrinth von Korridoren hatte er noch nie als einschüchternd empfunden, im Gegenteil. Immer den schnellsten Weg von Punkt A nach Punkt B zu finden, war eine Herausforderung für ihn gewesen.

Er benahm sich, als bewegte er sich tagtäglich in diesem Gebäude und schritt selbstsicher durch die Gänge. Er zögerte nicht, plante voraus, legte sich den Weg vor sich in Gedanken zurecht, damit er nie anhalten musste, um sich neu zu orientieren. Niemand sollte einen Grund haben, ihn mit Misstrauen zu betrachten.

Er nahm nicht den Aufzug, sondern benutzte die Treppe, denn er wollte nicht in einem Raum gefangen sein, aus dem ein Entkommen schwierig sein würde, falls ihn jemand erkannte. Obwohl es unwahrscheinlich war, dass das geschah, bestand immer die Möglichkeit, dass er zufällig jemandem begegnete, der Sheppard gekannt hatte und deshalb wusste, dass der Ausweis an seiner Brusttasche nicht ihm gehörte, obwohl das Bild darauf sein Gesicht zeigte.

Es fühlte sich wie eine Ewigkeit an, bis er den richtigen Gang erreichte. Vor der Tür mit der Aufschrift *Nur autorisiertes Personal* stoppte er. Daneben befanden sich ein Kartenleser und eine Kamera.

Nick zog seine Karte durch das Gerät und drehte sich in Richtung der Kamera. Er wusste, dass eine Gesichtserkennungssoftware im Begriff war, sein Gesicht zu scannen und es mit dem gespeicherten Bild – dem Bild auf der Datei, die er selbst zum Server der CIA hochgeladen hatte – zu vergleichen.

Einige Sekunden verstrichen, dann vernahm er ein Klicken. Nick drückte gegen die Tür. Sie öffnete sich nach innen. Er trat ein und ließ sie hinter sich zufallen. Hier war es ruhiger, wenngleich er wusste, dass er nicht alleine war. Entlang des Korridors lagen einige Räume, deren Türen geschlossen waren.

„Ich bin drin", flüsterte er in das winzige

Mikrofon, das unter dem Revers seiner Anzugjacke versteckt war.

„Gut, ich hab dich im Visier."

Nick hörte Yankees Antwort in seinem Ohr und atmete erleichtert auf. Der GPS-Sender im Absatz seines Schuhs sandte ein Signal an seinen Stargate-Kollegen. Das Infrarotsystem, das Michelle gehackt und in das sie Yankee eingewiesen hatte, sorgte für eine vollständige Überwachung.

„Geh geradeaus", bekam er die erste Anweisung durch seine Hörmuschel.

Äußerlich völlig ruhig ging Nick an den geschlossenen Türen vorbei, bis er eine Biegung im Gang erreichte.

„Jetzt links."

Er bog nach links ab.

„Dritte Tür."

Nick zählte. An der dritten Tür stoppte er. Nur eine Nummer stand darauf. Nichts gab ihm einen Hinweis darauf, was dahinter lag.

„Ist der Raum leer?", fragte Nick leise.

„Ja. Das Infrarot zeigt an, dass sich niemand drinnen befindet. Los."

Nick drückte die Tür auf, schlüpfte hinein

und zog sie leise hinter sich zu. Ein Summen beherrschte den Raum, an dem an einer Wand jede Menge Computer standen.

„Ich gehe auf Funkstille", informierte er Yankee.

„Verstanden."

Nick ging zum ersten Computer und berührte die Maus. Wie erwartet erschien das Log-in-Display auf dem Bildschirm. Er zog den Zettel, den Yankee ihm gegeben hatte, aus seiner Hosentasche und legte ihn neben die Tastatur, dann tippte er die Reihe von Zahlen und Buchstaben im Log-in- und Passwortbereich ein. Er betete, dass er recht hatte, dass dies wirklich Sheppards Ghost-Log-in war, und drückte die Eingabe-Taste.

Es dauerte nur eine Sekunde, bis ihn der blaue Desktop mit den Worten *Willkommen, Henry* begrüßte. Die großen leuchtenden Buchstaben verblassten sogleich wieder in den Hintergrund und machten Platz für ein paar Icons.

Es war nicht schwer, den richtigen Bereich zu finden. Sheppard war ein ordentlicher Mann gewesen und hatte alles gut organisiert.

In einem Ordner, der *Familie* hieß fand Nick einen Unter-Ordner, den er einfach *Meine Jungs* genannt hatte. Sheppard hatte alle Stargate-Agenten als seine Familie betrachtet.

Einen kurzen Augenblick lang verkrampfte sich Nicks Herz. Sheppard war wie ein Vater für ihn gewesen und höchstwahrscheinlich auch für die anderen Stargate. Zu wissen, dass er sie als seine Söhne angesehen hatte, brachte den Schmerz, ihn verloren zu haben, wieder intensiv zurück. Doch er hatte keine Zeit, sich diesem Schmerz hinzugeben.

Nick klickte auf das Ordnersymbol.

Der Schock ließ ihn zurückfahren. Der Ordner war leer.

„Scheiße!", fluchte er.

„Was ist los?", fragte Yankee sofort.

„Nicht jetzt!"

Panisch durchsuchte Nick den Rest der Ordner. Leer. Alle!

„Verflucht! Jemand ist uns zuvorgekommen! Alle Dateien sind weg!"

„Scheiße!", knurrte Yankee.

„Warte!" Gerade kam ihm eine Idee. „Der Papierkorb!" Vielleicht war er noch nicht entleert worden und die gelöschten Dateien lagen immer noch dort drinnen.

Nick klickte auf das Symbol. Doch auch dort nichts als Leere.

„Verdammt!" All dieser Aufwand für nichts und wieder nichts. Frustriert trat er gegen den Schreibtisch. „Jemand wusste, dass wir kommen würden."

„Verschwinde von dort!", befahl Yankee. „Jetzt sofort!"

„Es muss noch einen anderen Weg geben", murmelte Nick zu sich selbst. Das musste es einfach. Seine Augen scannten nochmals alle Symbole auf dem Desktop.

„Verflucht, Fox, du musst da raus!"

Nick schüttelte den Kopf, als seine Augen plötzlich auf ein Symbol fielen, das er zuvor ignoriert hatte. „Das Backup-System."

„Was?"

„Die Daten auf allen Computern werden regelmäßig gesichert. Diese Backups werden ziemlich lange aufgehoben." Jetzt musste er nur noch herausfinden, wo sie aufbewahrt wurden.

Schnell öffnete Nick die Systemsteuerung

und suchte nach dem richtigen Bereich, sein Blick schnellte über die Informationen und fand den Dateipfad, den er suchte.

Einen Augenblick später navigierte er dort hin. Es gab mehrere hundert Backup-Dateien von Sheppards Akten – aufgelistet in chronologischer Reihenfolge. Die letzte war etwa einen Monat nach Sheppards Tod erstellt worden. Danach waren die Dateien in seiner Cloud nicht mehr abgespeichert worden, was höchstwahrscheinlich bedeutete, dass keine Änderungen darin vorgenommen worden waren.

Nick öffnete die letzte Backup-Datei, die nach Sheppards Tod erstellt worden war, aber kein Ordner mit dem Namen *Meine Jungs* war darunter. Jemand hatte sie also innerhalb eines Monats, nachdem der Führer des Stargate-Programms ermordet worden war, gelöscht.

Nick erinnerte sich gut an Sheppards Todestag und klickte auf die Datei mit einem Datum, das nur zwei Tage davor lag.

„Verflucht, Fox!" Yankees Stimme in seinem

Ohr drängte: „Es kommt jemand. Du musst da raus."

„Ich brauche nur eine Minute", sagte er und sah bereits den Inhalt der Backup-Datei durch. „Hier! Hier ist es!" Der Ordner *Meine Jungs* war da. Nick klickte darauf und eine lange Liste einzelner Akten erschien, alle mit Initialen versehen.

Nick zog einen USB-Stick aus seiner Hosentasche und schob ihn in den Anschluss des Computers. Sofort blitzte ein Alarm auf dem Bildschirm auf: *Kopierschutz*. Er hatte das erwartet, aber dank seiner Jahre in der Datensicherheitsabteilung der CIA wusste er, wie er den Kopierschutz umgehen konnte. Er tippte den passenden Befehl ein und Sekunden später kopierte er den gesamten Ordner. In einem Fenster wurden ihm die Dateigrößen sowie die Restlaufzeit des Vorgangs angezeigt.

„Verflucht, Fox! Beweg deinen Arsch dort raus!"

„Fast fertig, nur noch zwanzig Sekunden!"

Er trommelte mit seinen Fingern auf den

Schreibtisch, seine Augen auf die Zeitanzeige fixiert. „Zehn Sekunden."

„Jetzt, Fox, jetzt sofort!"

Das Fenster schloss sich und zeigte somit an, dass der Kopierprozess beendet war. Nick zog den Memorystick aus dem USB-Port und loggte sich aus.

Er eilte zur Tür.

„Scheiße!", fluchte er und wirbelte herum. „Die Log-in-Daten."

„Lass sie zurück!", befahl Yankee.

„Kann ich nicht!" Er hetzte zurück zum Computer, schnappte sich den Zettel vom Schreibtisch und lief zurück zur Tür. Er zog sie auf.

„Nach rechts! In das Büro daneben."

Nick folgte Yankees Befehl ohne zu zögern und schlüpfte in den Raum neben dem, den er gerade verlassen hatte. Gerade rechtzeitig, wie sich herausstellte. Er hörte Schritte vorbeikommen. Dann wurde die Tür zum anderen Raum geöffnet und wieder geschlossen.

„Jetzt, raus!", kam Yankees Befehl.

Schwer atmend eilte Nick aus dem Raum

und zurück in die Richtung, aus der er gekommen war. An der Tür stoppte er einen kurzen Moment, dann drückte er sie auf und verließ den zugangsbeschränkten Bereich.

Auf dem Weg durch das Labyrinth von Korridoren zurück in Richtung Haupteingang sah er flüchtig zu einer Uhr an der Wand hoch. Höchste Zeit, dass er sich aus dem Staub machte. Seine Stunde war schon fast vorbei. In Kürze würde ein aufmerksamer System-Administrator feststellen, dass die Zugangskarte, die Nick benutzte, einem toten Mann gehörte. Und vorher musste Nick zu dem Computer gelangen, über den Yankee ein Auge auf ihn hielt, und sein Foto auf dem Ausweis wieder durch das von Sheppard ersetzen.

Er erhöhte sein Tempo, lief jedoch nicht. Er durfte kein Misstrauen erregen. Nach der nächsten Ecke erreichte er die Eingangshalle. Vor ihm lag das übergroße Symbol der CIA und jenseits davon waren die Drehkreuze. Nick ließ seine Augen umherschweifen. Der Sicherheitsbeamte, der ihm vorher geholfen hatte, machte vermutlich Pause, denn jemand anderer hatte seinen Platz eingenommen. Gut.

Es bedeutete, dass der Kerl nicht misstrauisch werden würde, wenn er ihn so schnell das Gebäude wieder verlassen sah.

Nick versuchte, so entspannt und ruhig, wie es unter diesen Umständen möglich war, auszusehen, als er durch das Drehkreuz schritt und durch die Glastüren ins Freie marschierte. Er schaute nicht zurück und ging in unverändertem Tempo weiter, bis er den Toyota erreichte.

„Ich bin draußen."

„Gut. Ich bin gleich da."

Nick schloss das Auto auf und stieg ein. Das Summen des Motors bewirkte, dass er sich bereits etwas besser fühlte, aber erst, als er durch die Absperrung fuhr und den CIA-Campus verlassen hatte, wurde sein Herzschlag wieder normal.

In einer Nebenstraße ungefähr zwei Meilen vom Eingang der CIA hielt Nick hinter Yankees Buick an. Er schaltete den Motor aus und nahm ein spezielles antiseptisches Tuch aus einer Tasche, womit er über das Lenkrad, die Gangschaltung und die Armaturen wischte, die er berührt hatte. Dadurch würde er nicht nur keine Fingerabdrücke zurücklassen, sondern auch jegliche DNA zerstören. Den äußeren Türgriff reinigte er als Letztes, dann steckte er das gebrauchte Tuch in seine Tasche und stieg in den wartenden Buick.

Yankee fuhr in dem Moment los, als Nick die Tür zuschlug.

„Hast du alles bekommen?"

Nick klopfte auf seine Jackentasche. „Ich habe es." Dann sah er auf seine Uhr. „Tritt aufs Gas, Yankee. Michelle wartet auf uns."

Von der Rückbank holte er sich seinen Computer, in dem ein Wegwerf-Surfstick steckte. Nick verlor keine Zeit, sein Bild auf Sheppards alter CIA-Zugangskarte zu löschen.

Es dauerte weniger als zehn Minuten, um auf dem George Washington Parkway zur Arlington-Metrostation zu gelangen.

Nick sah sich nach dem Van um. „Siehst du Michelle?"

„Nein", sagte Yankee.

„Scheiße!", fluchte Nick und sah nochmals auf die Uhr. Sein Nacken begann, unangenehm zu kribbeln. „Da stimmt etwas nicht. Scheiße, Michelle ist etwas zugestoßen."

23

Michelle fluchte. Sie hatte nur noch eine Kamera aufstellen wollen, hatte sich aber zu spät daran erinnert, dass die nach Norden führende Fahrtlinie des George Washington Memorial Parkways keine Abfahrt auf der Columbia Island hatte. Also hatte sie umdrehen müssen, nachdem sie abseits der Autobahn eine Kamera aufgestellt hatte, genau dort, wo beim Pentagon Lagoon Jachthafen der Boundary Channel in den Potomac floss. Die Brücke war ein strategischer Punkt, von dem aus man jedes Boot beobachten konnte, das die Lagune verließ.

Leider hatte sie der Umweg kostbare Minuten gekostet. Minuten, die sie, wie es sich jetzt herausstellte, nicht hatte. Denn sie war nicht die Einzige, die früher als geplant erschienen war.

„Na, na, wer konnte denn das Treffen gar nicht erwarten?", fragte der Fremde mit bedrohlicher Stimme und packte sie am Ellbogen.

Sie wusste sofort, dass dies nicht Smith war. Dieser Mann hatte eine andere Stimme, außerdem würde Smith nie sein Gesicht zeigen. Er hatte immer dafür gesorgt, dass sie keinen Blick auf ihn erhaschen konnte, damit sie ihn im Fall des Falles nicht identifizieren könnte.

Doch eine Sache war ihr sofort klar: Dieser Mann war von Smith geschickt worden, um sie zu beseitigen.

„Lassen Sie uns irgendwo hingehen, wo wir etwas ungestörter sind", schlug er vor und drückte ihr etwas Hartes, das er unter dem über seinen Unterarm geschlungenen Mantel versteckt hatte, an ihre Rippen.

Sie musste nicht sehen, was es war, sie

erkannte auch so, dass er sie mit einer Pistole bedrohte. Sie wusste auch sofort, warum er sie in eine andere Richtung schleuste, zurück dorthin, wo sie den Van geparkt hatte. Eine Gruppe drei- bis fünfjähriger Kinder spielte in der offenen Wiese nur einige Meter entfernt, von drei jungen Kindergärtnerinnen betreut. Hier konnte er sie nicht töten, ohne eine Menge Zeugen und eine in Panik versetzte Kinderschar am Hals zu haben.

Michelle wusste allerdings auch, dass sie die drei Kindergärtnerinnen nicht um Hilfe anflehen konnte. Damit würde sie nur die Kinder in Gefahr bringen. Sie musste annehmen, dass der Mann, der gerade die Waffe an ihre Rippen hielt, keine Skrupel haben würde, unschuldige Kinder zu töten, um seinen eigenen Kopf zu retten.

Sie war auf sich allein gestellt.

„Bewegung!", zischte er durch zusammengebissene Zähne.

Sie warf ihm einen Seitenblick zu. Er schaute so normal aus. Nicht wie ein Verbrecher, eher unscheinbar wie ein langweiliger Buchhalter auf dem Weg zur

Arbeit. Deshalb hatte sie ihn nicht einmal bemerkt. Doch *er* hatte offenbar *sie* bemerkt.

Michelle blieb keine andere Wahl, als einen Fuß vor den anderen zu setzen. Aber sie musste irgendwie Zeit gewinnen. „Smith hat sie geschickt? Was will er?"

Der Mann gab ein leises Lachen von sich. „Was glauben Sie denn?" Er drückte die Mündung der Pistole härter in ihre Seite, als wollte er seine Worte damit betonen.

„Warum? Ich habe alles getan, was er wollte."

Der Auftragsmörder schubste sie in Richtung der öffentlichen Toiletten, die von Büschen und Bäumen umgeben war.

„Anscheinend war Ihr Arbeitgeber nicht ganz mit Ihrer Arbeitsleistung zufrieden."

„Ich kann mich bessern", beeilte sie sich ihm zu versichern, da sie wusste, dass nach Erreichen der Toiletten ihn nichts mehr davon abhalten würde, sie außer Sichtweite jeglicher Zeugen zu töten.

„Ich glaube, Ihre Probezeit ist um. Und raten Sie mal ..." Er beugte sich näher. „Sie haben nicht bestanden."

Ihr Herzschlag wurde ungestüm und ihre Handflächen feucht. „Was auch immer er Ihnen zahlt, ich kann Ihnen mehr zahlen."

Ein Grunzen war seine Antwort. Er glaubte ihr nicht. Nun ja, sie würde sich selbst auch nicht glauben.

Michelle musterte den einstöckigen Backsteinbau, in dem sich die öffentlichen Toiletten befanden und sah einen Mann aus den Herrentoiletten kommen. Er kam auf sie zu.

Der Auftragskiller zwang ein Lächeln auf sein Gesicht und sagte dann laut, damit der Fremde es hören konnte: „Schätzchen, deinem Magen wird's gleich wieder besser gehen, das verspreche ich dir."

Der gefälschte süßliche Ton seiner Stimme brachte sie fast zum Kotzen, womit sie seine Lüge über ihre Verdauungsprobleme unterstrichen hätte.

In dem Moment, als der andere Mann außer Hörweite war, drängte sie ihr Angreifer, sich zu beeilen. „Na los! Bewegen Sie sich!"

Sie täuschte vor, über ihre eigenen Füße zu stolpern, und stieß ein Keuchen aus. Er packte sie nur noch fester am Ellbogen und seine Pistole verrutschte für einen Augenblick, doch dann zog er sie auch schon weiter. Die Ablenkung hatte jedoch funktioniert: Sie hatte es geschafft, das Handy, das Yankee ihr gegeben hatte, aus ihrer Tasche zu ziehen, den Knopf zu drücken, von dem sie hoffte, dass er die Wiederwahltaste war, und es ins Gras fallen zu lassen. Yankee hatte seine Nummer einprogrammiert, und sie hatten es einmal ausprobiert, bevor sie mit dem Van losfuhr. Sie konnte nur hoffen, dass er mitbekam, dass sie in Schwierigkeiten steckte. Es war ein Versuch, reine Spekulation, aber was hätte sie sonst tun können?

„Bitte, bleiben Sie stehen", bat sie laut und hoffte, dass Yankee bereits abgehoben hatte und ihre Stimme aus der Entfernung hören konnte. „Mein Knöchel. Ich glaube, ich habe ihn mir verstaucht. Bitte zwingen Sie mich nicht in die öffentlichen Toiletten. Bitte töten Sie mich nicht."

„Halt die Klappe, Miststück!", knurrte er und sah sich um. Er schien befriedigt, dass niemand nahe genug war, um sie gehört oder ihren Widerstand gesehen zu haben.

Ihr Blick driftete an dem Gebäude vor ihnen vorbei, wo Segelboote und Motorboote an dem kleinen Jachthafen vertäut waren. Aber auch dort war es ruhig.

Mit jedem Schritt, den sie den öffentlichen Toiletten näherkamen, verblasste ihre Hoffnung, dass die Rettungstruppe rechtzeitig erscheinen würde, etwas mehr. Eine unsichtbare Hand klammerte sich um ihr Herz und drückte mit jeder Sekunde fester zu. Bald würde alles vorbei sein. So hatte sie sich ihr Ende nicht vorgestellt: in einer öffentlichen Toilette erschossen zu werden; ihre Leiche auf dem urinbefleckten Betonboden. Ein kalter Schauer lief ihren Rücken hinab und ihre Hände zitterten.

Tränen quollen in ihre Augen und sie versuchte nicht einmal, sie zu verdrängen. Niemand außer ihrem Mörder würde sie sehen.

„Bitte", murmelte sie, doch er hatte bereits die Tür zur Damentoilette geöffnet und schubste sie hinein.

Ein einsames Neonlicht flackerte an der

Decke. Außer dem tropfenden Hahn war es still. Es gab drei Kabinen, deren Türen offen standen. Der ekelhafte Geruch von Urin und Fäkalien schlug ihr sofort ins Gesicht und ließ sie die Nase rümpfen. Ein krankhafter Gedanke schoss ihr durch den Kopf: Zumindest würde sie den Gestank nicht lange ertragen müssen.

Zum ersten Mal, seit der Auftragskiller sie erwischt hatte, gab er ihren Ellbogen frei und schob sie von sich, in Richtung einer der Kabinen. Sie wirbelte herum, musste es mitansehen. Als ob sie ihn irgendwie aufhalten könnte, wenn sie die Pistole sah.

Mit einer Ruhe, die nur ein professioneller Attentäter ausstrahlen konnte, zog er einen Schalldämpfer aus seiner Manteltasche. Dann legte er den Mantel über den Mülleimer und schraubte den Schalldämpfer langsam auf die Mündung seiner Pistole.

„Es wird nicht wehtun", versprach er.

„Bitte, lassen Sie mich einfach gehen. Ich verspreche, dass ich heute noch verschwinden werde. Niemand muss herausfinden, dass Sie mich nicht getötet haben. Ich werde das Land verlassen."

Der Mann schüttelte den Kopf. „Tut mir leid, Miss, aber ich erledige immer meine Arbeit."

Instinktiv wich sie zurück in die Kabine hinter ihr, bis ihre Beine gegen die Toilettenschüssel stießen.

Das Spannen der Pistole hallte von den Wänden wider. Der Ton donnerte in ihren Ohren und brachte ihr Herz zum Stillstand. Das war es also. Ihr Ende.

Ein anderer Laut, der von quietschenden Türscharnieren, drang plötzlich zu ihren Ohren.

Ihr Kopf schnellte Richtung Tür, als diese sich öffnete. Oh, nein, eine unschuldige Frau würde sterben müssen, weil sie im Begriff war, Zeugin eines Mordes zu werden.

„Nein! Laufen Sie weg!", schrie Michelle der Person zu, die sie nicht einmal sehen konnte, weil der Auftragskiller ihr die Sicht zur Tür blockierte.

Er wirbelte herum, drehte ihr seinen Rücken zu und richtete seine Pistole auf den Eindringling.

Der Schuss war viel lauter, als sie erwartet hatte. Sie hatte immer gedacht, dass durch einen Schalldämpfer das Geräusch des Schusses nur als dumpfes Brummen hörbar wäre. Aber dieser Schuss war anders, lauter, ohrenbetäubend.

Wie gelähmt starrte sie auf den Rücken des Mörders und erwartete, dass er sich jetzt ihr zuwenden und sie umbringen würde. Stattdessen knickten die Knie des Kerls ein und er fiel auf den schmutzigen Boden. Ihr Blick flog zur Tür. Dort stand Nick, eine Pistole in seiner Hand.

„Bist du in Ordnung?", fragte er und eilte auf sie zu.

Sie nickte, aber sie brachte kein einziges Wort über ihre Lippen.

Nick trat an der Leiche vorbei und zog sie aus der Kabine. „Wir müssen gehen. Jetzt sofort. Bevor uns jemand sieht."

Sie nickte wie betäubt und klammerte sich an seine Hand, während er sie aus dem Gebäude führte und zur anderen Seite, weg vom Eingang, zerrte.

Der Van wartete mit laufendem Motor auf sie. Einen Augenblick lang fragte sie sich, wie das möglich war, da sie die Schlüssel doch immer noch in ihrer Hosentasche trug. Aber Yankee besaß vermutlich einen Zweitschlüssel.

„Steig ein, schnell!", verlangte Nick und half ihr in den Van, sprang hinter ihr hinein und zog die Tür zu.

Der Van setzte sich bereits in Bewegung und sie verlor fast das Gleichgewicht, bevor sie in der Lage war, sich auf die Bank zu setzen.

„Bring uns hier raus, Yankee!" Nick nahm neben ihr Platz und zog sie in seine Arme.

Seine unregelmäßige Atmung und das wilde Heben und Senken seiner Brust spiegelten sich in ihrem eigenen Körper wider.

„Ich dachte, ich wäre schon zu spät."

Michelle verbarg ihr Gesicht in seiner Brust, immer noch verwundert, wie sie dem sicheren Tod entgangen war. „Du bist gekommen. Du hast ihn getötet, bevor er mich töten konnte."

„Eine Schande, dass du ihn umbringen musstest. Ich hätte ihn gerne über diesen Smith ausgefragt. Die Chance haben wir vermasselt", warf Yankee ein.

„Ich hatte keine andere Wahl", antwortete Nick.

Er legte seine Hand unter ihr Kinn und hob

ihren Kopf an. Sein Mund war einen Moment später auf ihrem und er küsste sie mit einer Verzweiflung, die sie nie zuvor an ihm verspürt hatte. Als er sie kurze Zeit später losließ, strich er mit der Hand über ihr Haar.

„Du hast mir schreckliche Angst eingejagt, Michelle."

„Ich hatte keine Ahnung, dass er den Attentäter schicken würde. Und ich konnte auch nicht wissen, dass er eine Stunde zu früh auftauchen würde." Sie schaute Yankee an. „Wohin fahren wir?"

Nick beantwortete die Frage an Yankees Stelle „Zu einem Safe House."

Erleichtert atmete Michelle auf. Dann sah sie Nick an. „Was ist in Langley geschehen? Hast du die Datei?"

Nick grinste und klopfte an seine Jackentasche. „Ich habe sie, Baby."

24

Nach ihrer Ankunft im Safe House hatten sie die Dateien, die Nick kopiert hatte, schnell flüchtig überflogen. Diese erwiesen sich als eine wahre Schatztruhe an Informationen. In den Dateien wurden über dreißig Stargate-Agenten identifiziert, doch diese zu analysieren würde Tage dauern. Sie beschlossen, dass Nick die Informationen kompilieren würde und sich dann wieder bei Yankee melden würde, damit sie sich anhand dieser Daten zusammen auf die Suche nach den anderen Stargate-Agenten machen könnten.

Einige Stunden, nachdem er Michelle vor dem Auftragskiller gerettet hatte, betrat Nick seine Wohnung und stieß die Tür mit dem Absatz seines Stiefels zu. Seine Augen lösten sich dabei keine Sekunde von Michelle, die vor ihm eingetreten war.

Sie ging zum Sofa und bewegte dabei ihren süßen Hintern hin und her. Er hatte Mühe, sich auf das zu konzentrieren, was er loswerden musste. Als sie in die Sofakissen sank, ihren Kopf gegen die Rückenlehne fallen ließ und einen Seufzer ausstieß, marschierte Nick auf sie zu.

Sein Herz trommelte immer noch unkontrolliert, wenn er daran dachte, was heute Morgen geschehen war. Es war so knapp gewesen. So verdammt knapp. Und eines wusste er jetzt sicher: dass er Michelle nicht verlieren wollte. Und gerade das machte es so schwer, sein Versprechen ihr gegenüber einzulösen. Ihr zu helfen, zu verschwinden. Aber ein Versprechen war ein Versprechen. Sie hatte ihren Teil des Handels eingehalten und jetzt war er dran.

Sie lächelte ihn an, sich offensichtlich des Sturmes, der in ihm tobte, nicht bewusst. Und wie sollte sie es auch wissen? Er hatte ihr nicht einmal gesagt, dass er begonnen hatte, etwas für sie zu empfinden.

„Stimmt etwas nicht?", raunte sie und streckte ihre Hand nach ihm aus.

Nick blieb vor ihr stehen und suchte nach den richtigen Worten. „Ich glaube nicht, dass ich in der Lage bin, meinen Teil des Handels, dich aus dem Land zu schleusen, einzuhalten."

Sie rutschte nach vorne. „Aber du hast versprochen, mir eine neue Identität zu geben."

„Das habe ich. Aber ich kann dir nicht dabei helfen, zu verschwinden." Er schüttelte den Kopf. „Jedenfalls nicht so, wie du es dir erhofft hast. Smith hat dich im Visier. Und jetzt, wo ich weiß, dass einer unserer eigenen Agenten sich gegen uns gewendet hat und für unsere Feinde arbeitete, muss ich annehmen, dass Echo nicht der einzige war. Smith hat möglicherweise noch andere Stargate-Agenten auf seiner Seite."

„Aber was hat das mit meiner neuen Identität zu tun?"

„Alles. Ein Stargate-Agent, der sich gegen uns gewendet hat, kann eine Vorahnung über dich haben, herausfinden, wo du bist und was du tust. Wenn ich dich alleine nach Südamerika schicke, bist du ohne Schutz, falls einer von ihnen dich verfolgt."

„Aber die Chance, dass so etwas wirklich passiert –"

„– ist groß", schnitt er ihr das Wort ab. Und diese Tatsache ließ ihm das Blut in den Adern gerinnen.

„Aber wenn ich hier bleibe, findet er mich auch."

„Wenn du hier bleibst, kann ich auf dich aufpassen. Dich beschützen."

Und dir nahe sein, wollte er hinzufügen, tat es aber nicht.

Er konnte sehen, wie sich die Rädchen in Michelles Gehirn fieberhaft drehten. Zögernd sagte er: „Du bekommst eine neue Identität, aber du würdest bei mir bleiben ... ganz nah."

Ihre langen Wimpern schlugen bis zu ihren

Augenbrauen hoch. Die blauen Augen starrten ihn mit einer Intensität an, die ihn fast aus den Socken hob.

Langsam öffneten sich ihre Lippen und ihre Mundwinkel zogen sich zu einem Lächeln nach oben. „Darum geht es hier also."

„Worum?"

„Du möchtest mit mir gehen. Du möchtest mein Freund sein."

„Nur damit ich dich im Auge behalten kann", sagte Nick schnell.

Scheiße, er sprach nicht gerne über solche Sachen. Er konnte eher mit Michelle über Softwarecodes diskutieren, als ihr seine Gefühle gestehen. Außerdem, was, wenn sie nicht das Gleiche empfand? Schließlich wusste sie kaum etwas über ihn; er hatte sie die Hälfte der Zeit, die sie sich kannten, angelogen und er hatte sie in Todesgefahr gebracht. Nicht gerade ein guter Ausgangspunkt, um sich für die Stelle des Liebhabers und Freundes zu bewerben. Wie sollte er so eine Hürde denn überwinden?

Sie erhob sich von der Couch. „Was genau

möchtest du denn im Auge behalten?" Sie zog unerwartet ihr schwarzes T-Shirt über den Kopf und warf es auf das Sofa, wobei sie ihm einen koketten Blick schenkte. „Meinen Busen?"

Nicks Atem stockte, als er ihren schwarzen BH anstarrte. Was hatte sie vor? Wollte sie für ihn strippen?

Sie schlüpfte aus ihren Schuhen, öffnete den Knopf ihrer Jeans und zog den Reißverschluss nach unten. „Oder interessierst du dich eher für meinen Hintern und meine Beine?"

Bevor sie ihre Jeans nach unten schieben konnte, ergriff er ihre Hände und stoppte sie.

„Hier geht es nicht um Sex, Michelle."

Sie hob ihr Kinn an. „Um was geht es dann, Nick? Was willst du dann? Denn, wenn du mir das nicht sagen kannst, dann weiß ich nicht, was du wirklich willst."

„Du bestehst also darauf, dass ich es sage, oder?"

Sie nickte langsam. „Verdiene ich das nicht?"

Er schluckte. „Du verdienst so viel mehr. Es ist nur, ich bin nicht der Typ, der geschickt darüber sprechen kann, was er … was er empfindet."

„Und ich dachte immer, du wärst so ein Charmeur. Wo du doch so unverschämt mit mir geflirtet hast, damit ich mit dir schlafe."

„Jetzt ist die Sache anders."

Michelle nahm einen Schritt näher. „Ja? Was ist anders?"

„Nach dem, was heute geschehen ist, nachdem ich dich fast verloren habe …" Er fuhr sich mit der Hand durchs Haar. „Ich glaube nicht, dass ich es überleben würde, wenn dir etwas geschehen sollte …" Er seufzte. „Verflucht, Michelle, kannst du mir hier nicht ein bisschen helfen?"

„Wie denn?"

„Indem du mir sagst, dass ich dir auch etwas bedeute."

Ein weiches Lächeln, das bis zu ihren Augen reichte, formte sich auf ihren Lippen. Sie hob ihre Hand und streichelte seine Wange. „Oh, Nick, der schüchterne Junge aus

Indiana. Er ist immer noch dort drinnen, nicht wahr? Und er hat Angst, zu sagen, was er empfindet, weil er befürchtet, zurückgewiesen zu werden, genauso wie ihn seine Eltern zurückgewiesen haben." Sie schüttelte ihren Kopf.

Wie konnte sie nur wissen, was ihn zurückhielt? „Woher weißt du das?"

„Du hast es mir doch selbst gesagt, Nick. Dass deine Eltern dich nach der Scheidung nicht mehr sehen wollten. Ich muss kein Psychologe sein, um zu erraten, was das diesem Jungen angetan hat." Ihr Finger zeichnete seine Unterlippe nach. „Versuch es noch mal. Gib mir einen Grund zu bleiben."

Nick nahm einen tiefen Atemzug. „Ich habe mich in dich verliebt. Ich weiß, dass es zu schnell geschieht, aber wenn du Liebe auf den ersten Blick für möglich hältst, dann glaube das. Glaube, dass ich dich liebe und dass ich alles in meiner Macht Stehende tun werde, dich zu beschützen."

Ihre Finger streichelten sanft über seine Wange. „Na, war das so schwer?" Ihre Lippen fuhren zart über seine. „Heißt das, ich kann bei dir einziehen?"

Er zog seinen Kopf zurück und grinste, sein Selbstvertrauen war jetzt auf Rekordhöhe. „Ich glaube, du vergisst etwas."

Sie sah ihn fragend an. „Was?"

„Du musst mir einen Grund geben, dich einziehen zu lassen."

Sie kicherte und ihr Atem kitzelte an seinen Lippen. „Was, wenn ich dir sagte, dass du es geschafft hast, dich trotz all deiner Lügen in meinem Herzen einzuschleichen?" Sie machte eine kurze Pause. „Und dann ist da noch die Tatsache, dass du mein Leben gerettet hast. Und zwar nicht nur einmal, sondern zweimal. Ich glaube, so etwas muss belohnt werden."

„Wie belohnt?" Er legte seine Arme um ihre Taille und zog sie an sich.

„Du darfst dir die Belohnung auswählen."

Nick grinste von einem Ohr zum anderen. „In dem Fall ..." Er hob sie in seine Arme und trug sie ins Schlafzimmer.

„Du bist so voraussehbar", behauptete sie mit einem weichen Lachen.

„Im Moment macht mir das nichts aus." Er

legte sie auf das Bett und entledigte sich seines Sakkos. „Zieh dich aus, Baby, denn ich bin jetzt für meine Belohnung bereit."

Kurze Zeit später gesellte er sich zu Michelle ins Bett. Sie waren nun beide nackt.

Er rollte sich über sie und stützte sich ab. „Hinsichtlich deiner Frage, was ich am meisten im Auge behalten werde ... Das würde dieses Teil hier sein." Er klopfte gegen ihre Schläfe. „Nur, um mich zu vergewissern, dass du nicht noch auf eine andere brillante Idee kommst, die dich in Gefahr bringt."

„Ich bin nicht –"

Er verstummte ihren Protest mit einem Kuss. Wie ein Kätzchen ergab sie sich ihm sofort. Er wich kurz zurück. „Wegen der Belohnung ..." Er rollte sich von ihr und zog sie mit sich, sodass sie auf ihm lag. „Ich glaube, du hast mich bisher noch nicht geritten."

Sie drückte sich hoch und ließ ihre Beine zu beiden Seiten seiner Hüften ruhen. „Bist du dir sicher, dass du das Ruder abtreten willst?" Ihre Augen funkelten und sie lächelte sündhaft.

Nick spürte, wie er unter ihr hart wurde.

„Michelle, wenn es um dich geht, hatte ich von Anfang an nie das Ruder in der Hand. Warum sollte ich also jetzt damit anfangen?" Er stieß seine Hüften hoch und drückte ihr seinen Schwanz entgegen. „Spürst du, was du mit mir anstellst? Dieser schüchterne Junge aus Indiana unterliegt deiner Gnade."

Sie schüttelte den Kopf und lachte, dann beugte sie sich zum Nachttisch, um sich eins der Kondome zu schnappen. „Dann lass uns mal den schüchternen Jungen aus seinem Elend erlösen." Mit geschickten Händen streifte sie ihm das Kondom über, dann hob sie sich auf ihre Knie und richtete sich über ihm aus.

Er legte seine Hände auf ihre Hüften. „Ja, lass uns mal", stimmte er zu und stieß seinen Schwanz nach oben, gleichzeitig zog er sie mit seinen Händen auf sich.

Ein überraschtes Keuchen barst von Michelles Lippen.

Nick drückte seinen Kopf in das Kissen und kämpfte gegen das intensive Vergnügen an, das ihn fast über den Abgrund sandte.

Verdammt! Er war nie zuvor so empfindlich gewesen.

„Ich dachte, du wolltest mir das Ruder übergeben", sagte sie.

Er grinste sie an. „Aber du hast doch das Ruder in der Hand, Michelle, du steuerst doch schon die ganze Zeit meinen Körper. Du bist diejenige, die mich dazu gebracht hat, in dich zu stoßen." Um seine Worte zu unterstreichen, drückte er ihre Hüften wieder hoch, dann zog er sie wieder auf sich und pfählte sie nochmals mit seiner Erektion.

Michelle schnappte sich seine Handgelenke von ihren Hüften, dann beugte sie sich über ihn und hielt seine Hände zu beiden Seiten seines Kopfes fest. Ihr Busen streifte seine Brust und sandte glühende Erregung durch seinen Körper.

„Ich habe nicht das Gefühl, dass du das Konzept, jemandem das Steuer zu übergeben, voll erfasst hast. Sei so gut und lass mich dich unterrichten."

„Ich kann's gar nicht erwarten, bis du mit der Lektion beginnst."

In dem Moment, als Michelle ihre Hüften

zu bewegen begann und sich an seinem Schwanz rieb, auf ihm auf- und abglitt, stellte er fest, dass er diese Lektion außerordentlich genießen würde. Sie gab seine Handgelenke frei und er verlor keine Zeit und nahm sofort ihre Brüste in seine Hände. Er streichelte sie und knetete das warme Fleisch, spielte mit ihren rosigen Nippeln und verwandelte sie zu harten Spitzen.

Wie eine Göttin ritt sie ihn, mit gleichmäßigen Bewegungen, nur ihr Tempo wurde mit jeder Minute schneller. Ihr Oberkörper begann zu glitzern; Schweißperlen sammelten sich auf ihrer Haut, ein Bach davon begann sich zwischen ihren Brüsten zu bilden.

Er genoss den Anblick, ergötzte sich an ihrer Schönheit und schwelgte in den Empfindungen, die sie durch seinen Körper sandte. Ihr Geschlecht war geschmeidig und warm; ihre Muskeln umklammerten fest seinen Schaft. Ihr dunkelblondes Haar, das mit jeder Bewegung über ihre Schultern strich, und ihre Brüste, die auf und ab hüpften, vervollständigten den berauschenden Anblick.

Unfähig zu widerstehen, zog er sie zu sich,

nahe genug, damit er einen Nippel in seinem Mund gefangen nehmen und an der köstlichen Knospe saugen konnte. Sie stöhnte laut auf und er wechselte zur anderen Brust und tat dort das Gleiche, während er beide Brüste genüsslich knetete.

Weiter unten stieß er nun fordernder in sie, kam Michelle bei jeder ihrer Abwärtsbewegungen mit seinem harten Schwanz entgegen, um die Reibung zu verstärken.

Ihre Muskeln umklammerten ihn fest und sandten eine Schockwelle durch seinen Körper. Ihm blieb die Luft weg und unerwartet brach plötzlich sein Orgasmus über ihn herein.

„Fuck!", fluchte er, unfähig ihn zurückzuhalten. Er blickte in Michelles Gesicht und sah, dass sie ihren Kopf zurückgeworfen und die Augen geschlossen hatte. Sie stöhnte auf, als er gleichzeitig spürte, wie sich ihre Muskeln verkrampften und ihm klar wurde, dass sie gemeinsam mit ihm zum Höhepunkt kam.

Er zog ihren Kopf zu sich und fing ihren Mund zu einem verzehrenden Kuss ein. Er konnte nicht aufhören, sie zu verschlingen. Konnte nicht aufhören, ihren Mund zu erforschen und ihr so zu zeigen, was sie ihm bedeutete, denn er wusste, dass Worte nie genug sein würden, um auszudrücken, was Michelle ihn fühlen ließ.

Er war heil.

25

Nick hängte das Handtuch über den Handtuchhalter im Badezimmer und zog seine Shorts hoch. Er beobachtete Michelle, die gerade aus der Dusche stieg; Wasser perlte von ihrer perfekten Haut.

„Verdammt, siehst du verlockend aus", sagte er und ließ seinen Blick lange über ihre Kurven schweifen.

„Hattest du für heute noch nicht genug?"

Er grinste und näherte sich ihr bereits, während sich sein Schwanz schon wieder mit Blut füllte. „Anscheinend hast du mir einen endlosen Appetit beschert."

Er wollte Michelle in seine Arme ziehen, da unterbrach ihn ein plötzliches Klingeln an der Tür. Verwundert wandte er seinen Kopf.

„Das wird das chinesische Essen sein, das ich bestellt habe", sagte Michelle.

Er zog eine Augenbraue hoch.

„In Anbetracht der Kalorien, die wir vorhin verbrannt haben, dachte ich mir, wir müssen uns stärken."

Er grinste. „Da dachtest du richtig." Er drückte ihr einen Kuss auf die Wange. „Ich gehe nach unten und hole es."

Nick schnappte sich ein T-Shirt vom Haken an der Badezimmertür und streifte es sich über, während er schon auf dem Weg nach draußen war. Im Vorbeigehen schnappte er sich seine Geldbörse und verließ die Wohnung. Die Wohnungstür ließ er nur angelehnt. Der Türöffner für die Haustüre war schon seit Monaten defekt, also blieb ihm keine andere Wahl, als ins Erdgeschoss zu laufen.

„Komme schon!", rief er aus, erreichte die Eingangstür und riss sie auf.

Der Kerl, der dort stand, trug eine Baseballmütze, hielt seinen Kopf auf den

Boden gerichtet und hielt eine weiße Plastiktasche mit ein paar Nahrungsmittelkartons, die chinesische Symbole trugen, in der Hand. Das Essen, das Michelle bestellt hatte. Doch der Kerl, der es lieferte, arbeitete sicher nicht für das chinesische Restaurant um die Ecke. Er war weder Chinese noch die Art von Typ, die einen Job wie Laufbursche annehmen würde, es sei denn, es war, um sich irgendwo Zutritt zu verschaffen.

Der Fremde hob sein Gesicht und Nick konnte ihn jetzt erkennen. Es war nur noch eine Bestätigung dessen, was er bereits wusste, was er bereits durch die kribbelnde Empfindung auf seiner Haut erahnt hatte.

„Ich bin –"

„– ein Stargate-Agent, ich weiß", unterbrach Nick ihn und warf einen schnellen Blick die Straße hinunter, um zu sehen, ob sie beobachtet wurden.

„Ich kam alleine."

„Wie hast du mich gefunden?"

„Sheppards Zugangskarte. Als sie aktiviert wurde, löste das alle möglichen Alarme aus.

Ich erhielt eine Nachricht. Ich habe dich in Langley leider verpasst, aber jetzt habe ich dich gefunden."

Sein Puls beschleunigte sich. „Wie? Ich habe meine Spuren verwischt."

„Keine Angst, der einzige Grund, warum ich in der Lage war, dein Bild auf Sheppards Karte zu sehen, war, weil ich die Nachricht in dem Moment bekam, als du die Karte aktiviertest. Beim zweiten Alarm – das war, nachdem der System-Administrator die Karte gesperrt hatte – war dein Bild bereits weg." Er blinzelte. „Zum Glück habe ich einen Schnappschuss gemacht."

Nick atmete erleichtert aus.

„Ich hoffe, du hast gefunden, wonach du in Langley gesucht hast."

„Dein Vater war ein sehr kluger Mann."

Die Augen des anderen Mannes weiteten sich. „Du kennst mich?"

Nick öffnete die Tür weiter und lud ihn in die Eingangshalle ein. „Du bist Ace, Sheppards Adoptivsohn." Er bot ihm die Hand an und Ace schüttelte sie. „Ich bin Fox. Ich erkenne dich vom Bild in den Dateien deines Vaters." Er hatte bereits die ersten paar Dateien, die alphabetisch angelegt waren, durchforstet und in der ersten Akte Aces Foto gesehen. Die zusätzlichen Informationen in dessen Akte waren auch der Grund, warum er wusste, dass er diesem Mann vertrauen konnte. Sheppards Sohn war die Person, die ihn am meisten geliebt hatte und ihn nie verraten hätte.

„Du hast die Dateien gefunden?" Aufregung glänzte in Aces Augen.

„Ich bin allerdings nicht die einzige Person, die eine Kopie davon hat. Wer auch immer deinen Vater getötet hat, wusste von den Dateien. Er versuchte, sie zu löschen, vermutlich hat er sie zuerst kopiert. Aber ich fand eine Backup-Kopie."

Aces Kiefer verkrampfte sich. „Dadurch war er also in der Lage, uns diese Auftragskiller auf den Hals zu hetzen. Er weiß, wer wir sind."

„Wir?"

„Ich bin mit einem anderen Stargate-Agenten in Verbindung, Zulu."

„Vertraust du ihm?"

„Hundertprozentig."

„Gut. Wir brauchen ihn. Es gibt einen

anderen, den ich kenne: Yankee. Er ist in Washington. Wir arbeiten an einem Plan, um Stargate wieder zusammenzubringen."

„Das sind bessere Nachrichten, als ich erwartet hatte", gab Ace zu.

„Wir brauchen auch dringend gute Nachrichten, denn der Rest ... Etwas Schlimmes braut sich zusammen." Er begegnete Aces Augen.

„Das Inferno", sagte sein Stargate-Kollege, ohne zu zögern.

„Ja. Wir müssen herausfinden, wo und wann es geschehen wird, damit wir es verhindern können", sagte Nick.

„Das wird nicht einfach sein."

Nick lächelte. „Wir haben alles, was wir benötigen: eine Liste aller Stargate-Agenten mit Bildern und Namen, sowie vier Stargate-Agenten, die zusammenarbeiten, um die anderen zu finden. Und sobald Stargate wieder aufersteht, werden wir den Schweinehund finden, der Sheppard ermordet und uns in die Flucht geschlagen hat. Und dann beenden wir die Sache."

Langsam bildete sich ein Lächeln auf Aces

Gesicht. „Ich bin froh, dass ich dich gefunden habe.“

Und zum zweiten Mal in drei Jahren war auch Nick froh, dass jemand in der Lage gewesen war, ihn ausfindig zu machen. Denn einen Mann wie Sheppards Sohn auf ihrer Seite zu haben, einen Mann, der vermutlich mehr über das Programm wusste als jeder andere, war ein riesiger Vorteil, den sie brauchen würden.

„Komm rein, wir haben viel zu besprechen.“

Über die Autorin

Tina Folsom ist gebürtige Deutsche und lebt schon seit über 25 Jahren im englischsprachigen Ausland, seit 2001 in Kalifornien, wo sie mit einem Amerikaner verheiratet ist.

Mittlerweile hat sie 50 Bücher in Englisch sowie Dutzende in anderen Sprachen herausgegeben.

https://tinawritesromance.com/deutscheleser/
tina@tinawritesromance.com

facebook.com/TinaFolsomFans

instagram.com/authortinafolsom

youtube.com/TinaFolsomAuthor

9 781961 208056